極道の嫁

草凪 優

幻冬舎アウトロー文庫

極道の嫁

草凪　優

幻冬舎アウトロー文庫

極道の嫁

目次

これは昭和末期——暴対法（暴力団員による不当な行為の防止等に関する法律）が施行される前の時代の物語である。

まだ一般向けのインターネットは存在せず、携帯電話も普及しておらず、買物をしても消費税はかからなかった。

平成から令和にかけて台頭してくる新興勢力「半グレ」が登場するのはもう少し後のこと。歓楽街や裏社会を仕切っていたのは、もっぱら極道の代紋を背負った男たちだった。

第一章　ミナミの宝石

1

事務所の空気はひりついていた。

大阪市西成《にしなり》区にある伊佐木《いさき》一家の組事務所――路面電車の線路を渡り、ホルモン焼き屋やお好み焼き屋が軒を連ねる庶民的な商店街を抜けたところにひっそりと建っている三階建てのビルだ。通りに面した窓が鉄板で塞がれ、玄関扉は重厚な鋼鉄製で、監視カメラが睨みをきかせているうえ外壁が黒く塗り潰されているから、一種異様な雰囲気と言っていい。一階はシャッター付きのガレージと玄関、事務所は内階段をのぼった二階にある。

「おはようさん」

組長の妻である伊佐木瑠依《るい》は事務所に入るなり、眉をひそめた険しい表情になった。組員たちの尋常ではない緊張感が伝わってきたからで、あちこちから「ご苦労さまですっ！」とかけられる声もひどくこわばっている。

いつもは瑠依の装いに見え透いたお世辞を言ってくる若い衆《し》でさえ、視線も合わせてこなかった。瑠依は今日、新調したばかりの白いドレスを身にまとっていた。我ながらよく似合っていると思うので、お世辞のひとつも言ってほしいのに……。

「どないなってんねん、これからカチコミにでも行きそうな雰囲気やん」

瑠依が苦笑しながらソファに腰をおろすと、

「姐さん、笑えまへんで」

若頭の岩谷寛《いわたにひろし》が向かいの席に座った。

「ほんまに明日にでも戦争が起こりそうなんですわ」

「竜虎会《りゅうこ》か？」

岩谷は神妙な顔でうなずいた。

「あんボケら、大手の盃《さかずき》もろうた途端いちびりはじめて……伊佐木をナメ腐ってけつかるんで、こっちからカチこんだろか思て」

「やめとき」

瑠依は静かに首を横に振った。

竜虎会は伊佐木一家と敵対しているやくざ組織だ。事務所が近くシノギが被ることも少なくないから、このところ小競り合いが絶えなかった。

今回も、伊佐木一家がケツモチしている麻雀荘に竜虎会の人間が因縁をつけてきたとかで、その場にいた伊佐木の若い衆が小突きまわし、その報復として竜虎会の組員五、六名に襲撃された。多勢に無勢で半殺しにされた彼は、それから三日が経ったいまも、布団から起きあがることができないらしい。

敵対していると言っても、ほんの二年ほど前までは、伊佐木一家は竜虎会など相手にしていなかった。伊佐木一家の喧嘩の強さを、ミナミで知らぬ者はいない。相手が誰であろうと一歩も引かない武闘派として鳴らし、やられたら倍返しどころか十倍にして返す。同じやくざでも、竜虎会はやられることのほうが多かったはずだ。

業を煮やした竜虎会が、神戸に本拠地を構える西日本最大のやくざ組織・西俠《さいきょう》連合の傘下に入ったのは、伊佐木一家をはじめ、大阪にあまたある一本独鈷《どっこ》の組に対抗するためだった。自力では勝負にならないから、大組織に尻尾を振って助けを求めたというわけである。

やっていることは極道とは思えないほど情けなくても、構成員の数が二桁違い、資金力も膨大な西俠連合と揉めようとする者はいなかった。恐れを知らないはずの伊佐木一家でも喧嘩になったら根絶やしにされかねない相手であり、おかげで竜虎会の組員はチンピラまでが我が物顔で街をのし歩き、喧嘩上等と肩をいからせている。

「今回の件で、竜虎の外道ら、西侠連合に空気入れられとるってもっぱらでんねん。この機に伊佐木を潰してまえ、くらいのこと言われてんのとちゃいまっか。売られた喧嘩なら買《こ》うたるってオヤジも頭に血が上っとるし、どうしたもんやら……」

岩谷はショートホープに火をつけると、溜息まじりに白い煙を吐きだした。

「姐《あね》さん、すんまへん……」

部屋住みの若い衆が、瑠依に近づいてきて耳打ちした。

「オヤッさんからいま電話が入りまして、飲みに繰りだす前にいったん帰って着替えるから、準備しといてくれと……」

「はあ？」

瑠依はふたつの理由で呆気にとられた。「飲みに繰りだす」ということは、組の人間を引き連れてミナミのキャバレーやスナックに行くという意味である。事務所の空気がひりついているこんなときに、わざわざそんなことをしなくても、とまず思った。

それに、今日は瑠依の三十五回目の誕生日――北新地にある、大阪でいちばん腕のいいシェフがいると評判のフレンチレストランに、予約を入れてある。そこに向かうために夫を迎えにきたのに、約束をすっぽかすのか？

「まあ、ええわ……」

瑠依は溜息をひとつついてから立ちあがった。こんなときだからこそ、嫁の顔色をうかがっているより組の人間にハッパをかけてやりたい——あの人らしい考え方だった。そうであるなら、自分は黙って従うだけだ。

瑠依は送っていくという若い衆の申し出を断り、私鉄とタクシーを乗り継いで自宅に向かった。事務所のまわりはごちゃついた商店街で、道が狭いうえに踏切まであるから、四リッターの大型セダンよりもそのほうが早い。

自宅マンションに到着すると、程なくして夫の源治《げんじ》が帰宅した。

四十二歳の男盛り。黒髪をオールバックにし、身長一八〇センチを超える体軀は筋骨隆々。みなぎる活力は太い眉と鋭い眼光に表れ、妻であっても眼を合わせるのが怖いときがある。義理掛けの関係で黒いスーツを着ていたから、凄みはなおさらだ。

「なんや、それ?」

クローゼットのある寝室に入るなり、源治は渋面になって睨んできた。瑠依はあらかじめ、夫が着替えるスーツを準備していた。アッシュグレイのダブルスーツをクローゼットから出して衣紋掛けに掛けておいたのだが、それを見るなり顔をしかめたのだ。

「これやない。白いスーツがあったやろ。真っ白の」

源治は純白のスーツをこよなく愛し、七、八着は所有している。とくに夜の街に繰りだすときは、わざわざダークスーツから着替えることが多い。それを知らない瑠依ではなかったが、事務所の緊張した空気を吸って不安になったのだ。

「なんかいややわ……」

源治と眼を合わせずに言った。

「なにがやねん？」

「白いスーツって死装束みたいやない。こんなときくらい、少しは目立たん格好しといたら」

「アホ抜かせ」

源治は呆れたように笑った。

「極道が地味な格好で飲みに繰りだしてどないすんねん？　逆に足元見られるだけや。鉄砲玉寄こすなら、寄こしたらええがな」

瑠依は渋々白いスーツをクローゼットから出して源治に着せた。態度は渋々でも、気分はそれほど悪くなかった。瑠依にしても、本気で源治が襲撃されることを心配していたわけではない。喧嘩となったら伊佐木一家はとことんやるので、西侠連合だって簡単には仕掛けてこないだろう。

なにより、源治には純白のスーツがよく似合う。上背があり、広い背中をもつ彼は、もともと男っぷりがいいけれど、白をまとうと色気が増す。そんな彼を前にすると、瑠依はいつだってまぶしげに眼を細める。

「苦労かけるな……」

寝室を出ていくとき、源治は背中を向けたまま瑠依の手を握ってきた。

「約束ホカして、ほんますまん。埋め合わせは近いうちにかならずするさけ、堪忍してや」

瑠依は胸が熱くなり、思わず源治の手を握り返した。手を繋いだまま、玄関に向かった。

あんたのためならどんな苦労でも背負うてみせる、と胸の中でそっとつぶやく。

女に生まれてきてよかった……。

瑠依がそう思うのはこんなときだった。

やくざ者とはいえ、源治は情熱的であり、心根のやさしい男だった。やくざ者と一緒になるからには、女遊びくらいで目くじらを立ててはいけない——そう自分に言い聞かせて結婚してから、もう五年になる。その間、源治に裏切られたことは一度もない。この先までないとは言いきれないが、愛されている実感がたしかにある。

『ミナミの宝石言われたべっぴんさんを娶《めと》るんや。他の女に眼は行かへん』

結婚したときそう言われたが、瑠依は信用していなかった。やくざは命懸けの稼業だから、不細工な女とは付き合わない。最後に抱いた女が不細工では、死んでも死にきれないからだ。そして英雄は色を好む。目の前に新たな美人が出現すれば、口説かずにはいられない性分なのである。

しかし源治は、日々の行動で自分の言葉が嘘でなかったことを証明しつづけていた。外の女にはいっさい手を出さず、瑠依のことだけを情熱的に愛してくれている。女に生まれてよかったと、瑠依に思わせてくれている。

だが……。

いまばかりは、男に生まれてくればよかった、と思わないこともない。玄関でこうべを垂れて待っている若い衆には、源治の盾になる覚悟があるだろう。銃撃されようが、ドスを持って襲いかかられようが、我が身をなげうって源治を守るに違いない。伊佐木一家の組員は、誰もが源治に心酔している。この親分のためなら死んでもいいと思わせるカリスマ性が、源治にはたしかに備わっている。

組の若い衆がうらやましかった。

源治にもしもの事態が訪れたとき、自分が盾になりたいと瑠依は思った。身を挺《てい》して彼を守ることで、この胸にあふれる思いを見せつけてやりたかった。愛しているから結婚したが、結婚してからのほうがもっと深く源治を愛している。心の中身をそっくりそのまま見せてやる方法がないのがもどかしく、せつない。

2

瑠依はリビングのソファに体を投げだして呆けていた。

ほとんど放心状態だった。今日のために新調した純白のドレスを皺《しわ》にしたくなかったが、着替える気力もない。

時刻は午後八時過ぎ。予約したフレンチレストランにはキャンセルの電話をしたけれど、源治が出ていってからそれ以外のことはなにもしていなかった。

「ひとりやと、食欲ないな……」

苦笑まじりにつぶやいたとき、電話のベルが鳴った。

瑠依は立ちあがり、チェストの上に置かれた電話機にのろのろと近づいていった。

「もしもし！　もしもし！」

受話器を取ると、切迫した女の声が耳に飛びこんできた。

「もしもし、瑠依さん！　香子《こうこ》です！」

電話をかけてきたのは、伊佐木香子——源治の妹だ。瑠依にとって義妹にあたる彼女は二十五歳、源治と十七も年が離れているのは母親が違うかららしい。いささか複雑な環境で生まれ育ったうえ、両親ともすでに他界しているので一時は施設にもいたようだが、いまは源治が引き取ってこのマンションで一緒に暮らしている。

「どうしたん？」

瑠依はなるべくゆったりした口調で返した。香子の心の乱れが電話越しにも伝わってきたので、落ちつかせるためである。

「会《お》うてほしい人がおんねんけど……男の人で……」

「男の人？」

瑠依は眉をひそめた。香子は実年齢が二十五歳とは思えないほど、見た目も中身もまだ幼く、ボーイフレンドの話なんて聞いたことがなかったからだ。彼女と同世代の若い女の子たちが、「アッシー・メッシー・貢ぐ君」などと浮かれているのを尻目に、小さな文具メーカーの事務員の仕事を淡々とこなす、地味な生活を送っている。

妹にはまっとうな人生を送らせたい、という源治の意向もあり、実兄がやくざだからといって裏社会に足を踏み入れることもなく、おそらくディスコにすら行ったことがない。そんな香子が男の人に会ってほしいなんて——瑠依は内心で何度も首をかしげなければならなかった。

「なにがあったん？　事情を説明してちょうだい」

咎《とが》める口調にならないように注意しつつ訊ねると、

「事情はあとで。とにかく会《お》うてもらわんと……うち……」

切迫していくばかりの香子の声に、瑠依は嫌な予感を覚えた。

恋も遊びも知らない彼女は、言ってみれば真っ白い木綿のハンカチーフのようなもの。純粋ゆえに、つけこまれる隙がたくさんある。ひょんなことから悪い男に引っかかり、面倒なトラブルに巻きこまれてしまったのかもしれない。

「どこ行けばええの？」

鼓動を乱しながら、それでも冷静に訊ねると、
香子はミナミのはずれにある喫茶店を指定してきた。やくざ者が溜まり場にしている店だったので、瑠依は天を仰ぎたくなった。

「それはええーっと……」

店のすぐ先がラブホテル街だから、風俗系のシノギをしている連中がたむろしているのである。すぐ側《そば》に賑やかな繁華街があるというのに、そのあたりだけは昼なお暗く、夜になればあちこちに見通しの悪い闇が出現する。世間知らずの二十五歳が、みずから好きこのんで行くようなところではない。

「なにをしとるんや、あん子は……」

嫌な予感が強まっていくばかりだったので、瑠依は香子との電話を切っても、受話器をすぐには手放せなかった。

源治が飲みにいく店なら、だいたいの目星がついている。電話をして若い衆をまわしてもらおうかと思ったが、気持ちよく酒を飲んでいるところに不穏な電話をするのもはばかられ、受話器を置いた。

「ま、なんとかなるやろ……」

ドレスを脱ぐ前でよかったと思いながら、瑠依は玄関に向かった。時刻はまだ午後八時をまわったばかり。深夜というわけではないから、やくざ者と風俗嬢が行き交うラブホテル街でも、それほど危険ではないだろう。

自宅マンションから指定された喫茶店までは、タクシーで十五分ほどだった。

向かう先がラブホテル街の近くだからだろう、ハゲ散らかした運転手の好奇に満ちた視線と好色さを隠そうともしない軽口にうんざりしながら、後部座席に座っていなければならなかった。

タクシーをおりたのは、目的の店のすぐ前だった。しかし、店には入れなかった。

「……えっ？」

路上をうろうろしている香子の姿が、眼に飛びこんできたからだった。

見覚えのある小花柄のワンピースを着ていたので、すぐにわかった。それは去年の彼女の誕生日に、瑠依が贈ったものだった。

「香子ちゃん……」

瑠依は声にならない声を出し、香子のいる方向に向かって歩きだした。

香子はまるで酔っているかのようなふらついた足取りで、薄暗い路地を右往左往していた。香子は普段から「お酒なんて大嫌い」と言っているので、酔っているなら異常事態だ。

「香子ちゃん！　香子ーっ！」

叫ぶような声をあげ、早歩きで近づいていっても、香子はこちらに気づかない。それどころか、つかもうとするとするりと逃げていく宙に浮かんだ綿毛のように、瑠依から遠ざかっていくばかりだ。角を曲がって、一瞬姿が見えなくなる。

瑠依は舌打ちしたい気分だった。向こうは千鳥足なのだから走ればすぐに捕まえられそうなのに、こんな日に限っていつも以上に高いハイヒールを履いていた。早歩きで追いかけるのがせいぜいで、追いつくこともままならない。

あたりはすでにラブホテル街の中心で、妖しい光を放つネオンサインや「ご休憩」の文字が躍る看板が林立していた。その数が増えるほど、夜道に口をひろげている闇も深く、濃くなっていく。

ラブホテル街というのは不思議なもので、どこも満室のときでさえ、異様にひっそりとしている。とくにこのあたりは外灯の数がひどく少ないから、視界も悪い。

まだ時間が早いせいか、行き交うカップルの姿も皆無だったので、ひとりでいることが急に心細くなってきた。だが、瑠依がそうであるなら香子はなおさら心細いはずで、一刻も早く捕まえてやらなければ……。

義理の姉妹とはいえ、瑠依と香子は決して仲がいいわけではなかった。というか、彼女は実の兄以外の誰に対しても、心を閉ざしているようなところがあった。

おそらく、多感な少女時代を孤独に過ごしたせいだろう。

両親を不幸な事故で早くに亡くし、唯一の肉親である源治は当時、駆けだしの若い衆として多忙な毎日を送っていた。部屋住み時代だったから自宅などなかったらしいし、極道の若い衆というものは兄貴分の命令に備えて、二十四時間、三百六十五日、神経を張りつめさせている。そんな状況ではとても香子を引きとることなどできず、彼女は施設送りとなった。

源治にもそのことに対する後ろめたさがあるらしく、成人してようやく一緒に暮らせるようになった妹を、猫っ可愛がりに可愛がっていた。ともすれば甘やかしすぎだと心配になるほどで、香子がいまだに幼さが抜けきらないのは、そのせいもあるのではないかと瑠依は思っている。

もちろん、そんなことは口にできない。妹が孤独なら兄も孤独だったはずであり、その苦悩は計り知れない。いくら妻とはいえ、当人たちにしかわからないことに口を挟むべきではないと思う。

とはいえ、瑠依はひそかに夢見ていた。いつの日か、香子と本当の姉妹のように、心を通わせる日が来ることを。

去年の彼女の誕生日には瑠依がひとりで大丸《だいまる》に行き、小花柄のワンピースを買い求めてきたけれど、今年は一緒に行って服を見立ててあげたい。顔立ち自体はとても可愛らしいので、美容院に連れていったり、メイクの仕方を教えてあげたりして、見目麗しい大人の女にしてやりたい。

「香子ちゃーんっ！　香子っ！　ちょっと待ちいなっ！」

いつまで経っても千鳥足の義妹を捕まえられないことに苛立った瑠依は、思いきってハイヒールを脱ぐことにした。

高い踵さえなければ、全速力で走ることができる。瑠依は運動神経がいいほうで、小中高と、運動会ではずっとリレーの選手だった。割れたガラスを踏んだりしたらケガをしてしまうかもしれないけれど、もうそんなことは言っていられない。

しかし……。

ハイヒールを脱ぐために立ちどまった刹那、後ろからドンッと人にぶつかられた。すぐに腕が首に巻きついてきた。悲鳴をあげることもできないまま、瑠依は頸動脈《けいどうみゃく》を締められて、その場で意識を失ってしまった。

3

眼を覚ますと、知らない場所にいた。

知らないけれど、そこがどういう場所であるかは一目瞭然だった。

ゆうに二十畳はありそうな広々とした部屋なのに、窓がない。そのかわりに、巨大な円形のベッドが存在感たっぷりに鎮座し、壁も天井も鏡張りで、原色のライトがあちこちでチカチカ点滅している。

ラブホテルだった。それも、異様に趣味が悪い、男のずる剝けな欲望を具現化したようなひどい内装の……。

「ううっ……」

ビニール張りのソファで横になっていた瑠依は、体を起こそうとしてうめいた。両手が背中で拘束されていたからだ。ロープで縛られているようだった。自力ではとてもほどけそうになく、顔から血の気が引いていく。

「眼が覚めましたか？」

声がした方向にハッと顔を向けた。丸形の黒いサングラスをかけ、黒いレザーの上下に身を包んだ男が立っていた。男のくせに女のような長髪で、服を着ていてもはっきりわかるほどの痩身──歳は三十前後だろうか？

「誰や、あんた」

瑠依は低く声を絞った。

「アハハ、名前ですか？　蛭田悦司《ひるたえつし》といいます。チンピラみたいなものですかね」

蛭田と名乗った男は、いかにも軽薄そうにヘラヘラ笑いながら答えた。その風体と態度から、彼が何者であるか見抜くことはできなかった。

やくざにしては凄みがなく、ホストにしては華がない。かといって、風俗がらみの仕事をしている男たちが漂わせている卑屈さや哀愁も感じとれない。ヌメッとした薄気味悪さだけが際立ち、ヘビとかワニとかトカゲとか、爬虫類《はちゅうるい》を連想させる。

「誰や、訊いとんねん」

瑠依は胆力を込めてもう一度訊ねた。

「まあまあ、そう焦らずに」

「うちのこと、誰や思うてる？」

「伊佐木一家の姐さんでしょう」

「知っててこないなことしとんのか？」

瑠依はこみあげてくる恐怖を呑みこんで、蛭田を睨みつけた。通り魔的な犯行ではなく、瑠依を伊佐木源治の妻と承知で拉致《らち》したのなら、状況は最悪だ。

「うちに指一本でも触れてみぃ、あんた伊佐木に殺されるで」

精いっぱい凄みを利かせて睨んでも、

「じゃあ、もう殺されちゃいますね。指一本どころか、首締めて失神させたのボクなんで……おおっ、こわっ」

蛭田は余裕で笑っている。なるほど、瑠依が伊佐木源治の妻と知りながら拉致したのなら、脅しなんて通じるわけがない。

蛭田はやくざではないはずだった。やくざには、喧嘩で家族や愛人にまで手を出してはならないという不文律があり、破れば渡世人《とせいにん》ではいられなくなる。日本全国どこへ行っても味方をしてくれる組はないし、報復は熾烈《しれつ》を極める。

つまり、こんなことをしている時点で、蛭田が代紋を背負っている可能性は低いのだ。いくら極道でも、いや極道であればこそ、落としどころを失うような喧嘩のやり方は絶対にしない。

となると、彼の正体はなんなのか？　大阪ミナミで伊佐木一家の名前を出し、震えあがらない一般人なんていない。単なる世間知らずか？　あるいは他の土地からの流れ者か？　それとも……。

「……何もんや、いったい」

瑠依がギリリと歯噛みすると、

「ありゃりゃ、おかしいなあ。姐さん、ボクに会いにきてくれたんじゃないんですか？」

蛭田はとぼけた口調で言った。

「どういう意味や？」

「会わせたい男がいるって、香子ちゃんに言われませんでした？　姐さん、それでわざわざここまでお越しくださったんですよね？」

「なんやてぇ……」

瑠依は怒りに体が震えだすのをどうすることもできなかった。

「香子はどこやっ！　あん子になにしたっ！」

「べつになにも」

蛭田はヘラヘラと笑っている。その顔が異様に小憎らしくて、瑠依の怒りの炎は轟々と燃えあがっていく。

「あん子にワルサしてみい。あんた殺されるだけじゃすまされへんで。生まれてきたこと後悔するような目に遭わされるわ」

「香子ちゃんのことより、自分のことを心配したほうがいいと思いますけどねえ……」

そのとき、扉が開く音がして瑠依はビクッとした。

「早速お出ましですか」

蛭田が言い、男がひとり、部屋に入ってきた。

「あっ、あんたっ……」

瑠依はさすがに絶句した。知っている男だった。

有馬《ありま》和夫《かずお》――竜虎会の若頭である。歳は四十代半ば。坊主頭に饅頭のような丸顔、体形はずんぐりむっくりして、サイズ感のおかしいダボダボのスーツを着ている。相変わらず、センスゼロだ。

「久しぶりやな……」

ギョロ眼を剝いてニヤリと笑いかけられ、瑠依は寒気を覚えた。顔がよほどこわばっていたのだろう、こちらを見ている有馬がククッと喉を鳴らし、やがてこみあげてくるものを抑えきれないという風情で「ダハハハッ」と高笑いをあげた。

「おおーっと、あんまり笑うとはずれてまう」

口に指を突っこむと、入れ歯をつまみだした。上の前歯が四本欠けている有馬の顔は異様で、瑠依の顔はますますこわばっていくばかりだ。

「しかし、笑わずにはいられへんな、こればっかりは。あの瑠依をようやく自分のもんにできるんやからのう……」

「冗談はほどほどにせえ」

声が震えそうになるのをこらえながら、瑠依は唸るように言った。

「なんのつもりか知らんけど、うちにこないなことしてタダですむとお思いか。ご存じやろけど、女子供に手ぇ出すのは渡世の仁義に反します。日本中の極道、まとめて敵にまわすおつもりか？」

「なにを言うとるんや」

有馬は鼻で笑った。

「わしはあんたを助けるために、こないなことしたんやで」

「どういう意味や？」

「伊佐木一家はのう、この二、三日のうちにのうなるんや」

ギョロ眼に冷たい光が宿った。

「いままでさんざん喧嘩してきたが、それもしまいや。西侠連合の兵隊がよう、すでにミナミにぎょうさん潜伏しとる。わしがゴーサイン出したら、いっせいに伊佐木一家にカチコミや。源治のタマぁ、きっちりとったるさかい」

入れ歯をつまんでいる指が、小刻みに震えだした。有馬の前歯四本は、かつて源治によって砕かれたのだ。

「そうなると、あんたはお先真っ暗やでぇ。運良く命は助かっても、西侠連合はえげつないほどの守銭奴やからのう。東南アジアにでも売られてクスリ漬け、オメコがアホになるまで客とらされて、使えんようなったらドブ川にポイ……それじゃあ、あまりにも不憫《ふびん》やないか。ミナミの宝石とまで言われとった美女中の美女がなあ……」

有馬はわざとらしい泣き真似をし、手の甲で眼元をこすった。

「そやからわしは、カチこむ前にあんただけは助けよう思うたわけや。ミナミの宝石を、どこぞの外国で使い捨ての娼婦になんかしてたまるかい」

「そやったら……」

瑠依は背中に冷や汗を流しながら、なけなしの胆力を掻き集めて言った。

「うちの両手、そろそろ自由にしてくれません？　助けてくれるっちゅうなら」

「まあまあ、そうあわてんと……」

有馬の顔に下卑た笑いが戻った。

「助ける助けないの前に、わしらには清算せなならん過去があるやないか。そっちの話が先っちゅうこっちゃ……おい」

有馬が目配せすると、蛭田がうなずいた。ふたりで瑠依の前にまわりこんでくると、下卑た笑いを脂ぎらせた。

「源治のタマとる前に、まずはあんたをきちーっとイワせたる。まあ、カチコミの前哨戦《ぜんしょうせん》やな。派手にいこうやないか」

「やめえっ！」

男ふたりに片脚ずつつかまれ、瑠依は叫び声をあげた。とはいえ、力で敵《かな》うわけもなく、両脚がじわじわとひろげられていく。純白のドレスの裾がめくれ、黒いガーターストッキングのレースの部分が露わになる。

太腿を飾る真っ赤な牡丹《ぼたん》の彫り物が露わになり、瑠依の顔は熱くなった。極道の妻になる覚悟を決めたときに入れた刺青《いれずみ》だった。夫以外は入れたことさえ知らないのに、こんな形で見せ物になるのは我慢ならない。

「あんたらええ加減にせえよっ！　伊佐木に八つ裂きにされるで。まともな死に方できんようになってもええんやな？」

「そやから死ぬのは源治のほうやて」

瑠依を見る有馬の眼は笑っていた。笑っているにもかかわらず、正視できないくらい欲望にギラついていた。

「あんたはその前に行方不明になって、命拾いや。夫の死に目に会えへんのは気の毒やが、西侠連合の手に渡ったらどんな目に遭わされるかわからへんからな。わしが責任もって匿《かくま》ったる。まあ、楽しくやろうや」

「いやああああーっ！」

両脚を大きく開かれた瑠依は、絹を裂くような悲鳴をあげた。

4

瑠依と有馬、そして源治の三人には浅からぬ因縁がある。

五年ほど前まで、瑠依はミナミの高級ラウンジでホステスとして働いていた。

二十歳で入店し、三十歳で源治と結婚して退店するまで、二十代の丸々十年間、ネオン街で夜の蝶として生きてきた。「ミナミの宝石」といういささか大げさな褒め言葉でもてはやされていたのは、そのころの話である。

バブル経済に向けて景気が上昇しつづけていたときだから、二十代の小娘でも嘘のような大金を稼ぐことができた。とはいえ、貯えはほとんどできなかった。北陸の田舎町で生まれ育った瑠依は、知人の連帯保証人になって膨大な借金を背負ってしまった父親を助けるために、大阪に出てきて水商売の世界に飛びこんだのだ。

結果、退店する前に父親の借金はきれいにできたから、それはいい。

ただ、いくら時代が味方してくれたとはいえ、小娘が嘘のような大金を稼ぐのは並大抵のことではなかった。

色気を売ってるホステスも、客と寝たら終わり……。

誰に教わったわけでもないが、瑠依は直感でそのことに気づいていた。隣の席に座るなり口説いてくるずっと年上の男と、枕営業抜きで渡りあった。

月に何百万と落としてくれる太客《ふときゃく》相手でも決して尻尾を振らなかったから、生木の皮をべリベリと剝がされるようにメンタルが削られた。色恋の駆け引きばかりが絶え間なく延々と続く日々は、時に食欲が消えてなくなり、時に疲れすぎて何日も眠れないほどハードだった。

もっとも、太客が見返りを求めるのは、ある意味当然なのかもしれない。飛田《とびた》新地に行けば二、三万で女が抱けるのに、月に何百万払っても一緒に酒を飲んでいるだけなんて、おかしいと言われればおかしいような気もする。

それでも瑠依は、生来の美貌と日々磨きあげた接客術だけを武器に戦い抜いた。おかげでブランディングに成功し、客とは決して寝ないホステスとして夜の街で名を馳せ、店のナンバーワンまでのぼりつめた。退店するまで七、八年はその座を守りつづけた。

ところがあるとき、客と恋に落ちた。

世の中どんなことにだって、原則があれば例外もある。

恋の相手は、もちろん伊佐木源治だった。

まだ伊佐木一家として独立したばかりだったが、店の客にはやくざも多かったので、彼の暴れん坊伝説はうっすら耳に入っていた。敵対する組織の事務所に単身で乗りこんで十数人を半殺しにしたとか、拳銃を突きつけられても怖じ気づかずに木刀一本で相手を撃退したとか、その手の武勇伝に事欠かない男だった。

とはいえ、店にやってくる彼は驚くほど物静かな紳士だった。

いつだって真っ白いスーツを粋に着こなし、只者ではない気配を振りまいているのだが、瑠依を口説いてくることはなく、ヘルプの子に卑猥《ひわい》な冗談を言うわけでもなく、ひとりでウイスキーのボトルを一本空けるような無茶な飲み方をしても、物静かな紳士のままきれいに勘定をすませて帰っていった。

　一年くらいは、ただの客とホステスの関係だった。急速に距離が縮まったきっかけは、瑠依が相談をもちかけたことだった。

　可愛がっていたヘルプの子が、急に店をやめると言いだした。なぜやめるのか問いただすと、デリヘルで働くためだという。金が必要なのかと訊ねても、もごもご言うばかりで埒《らち》があかず、しつこく問いつめると泣きだした。

　彼女はつまり、悪い男に引っかかってしまったのだった。本心からデリヘルで働きたいのならとめはしなかったが、どうやら脅されているようだった。

「うち、ほんまはいややねん。見ず知らずの男と裸になってとか、考えただけでゾッとする。でも……でももう約束してしもたから……」

　泣きながら訴えてきた彼女を、瑠依はなんとか救ってやりたかった。しかし、その悪い男はやくざに決まっている。女を風俗に沈めることを生業《なりわい》にする、女衒《ぜげん》のごとき薄汚い輩だ。風俗に沈められたら最後、延々と養分を吸いとられるだろう。さっさと縁を切っておかなければ、彼女の人生は台無しになってしまう。

　悩みに悩んだすえ、瑠依は源治に相談した。どうすれば彼女を救えるのか、知恵を貸してほしいと……。

「あんたじゃ無理や、わしにまかせとき」

源治は鼻歌でも歌うような軽い口調で応えた。安請け合いの雰囲気しかしなかったので、相談する相手を間違えたと瑠依は落胆したが、二日後にはすべてが解決し、ヘルプの子はいままで通り店で働けることになった。

次に源治が店にやってきたとき、瑠依は丁重に礼を言った。おそるおそるどうやって解決したのかを訊ねてみたものの、笑って誤魔化された。

しかし、源治がトイレに立った隙に、舎弟が耳打ちしてくれた。源治は悪い男の兄貴分に頭をさげ、それなりの金を包んだらしい。

「オヤッさん、女を大事にしない同業者、ほんまは大嫌いなんやけどね。そいつ、女がボロボロになるまでコキ使《つこ》うて、めっさ評判悪い野郎やのに……」

瑠依は驚いた。やくざがさげる頭は安くない。自分がよけいな相談をしたばかりに大嫌いな相手にそんなことをさせ、おまけに金まで出させてしまうなんて……。

だが、罪悪感がこみあげてくると同時に、胸が熱くなっていくのをどうすることもできなかった。なんでもかんでも暴力で解決するタイプではなかったのか、と感動さえしていた。もちろん、暴力で解決してもらうことを期待していたわけではなかったが……。

「ほんまに申し訳ございませんでした」

舎弟が先に帰ると、瑠依はあらためて源治にお詫びした。

「さっきの方に聞きました。伊佐木さんに頭をさげていただいたと……それにお金まで……それせめて、うちに払わせていただけませんか？」

「いらんがな」

源治は鼻で笑った。

「せやけど、それじゃあうちの気持ちがおさまりません」

「やったら、たまにはアフターに付き合《お》おてもらおかの。肉でも食いに行かへんか？」

「えっ？　それは……」

瑠依はこわばりきった顔になった。同伴出勤はしてもアフターには付き合わないのが瑠依の基本的な姿勢であり、いままで一度も承知したことがなかったからである。

店がクローズしてからのアフターは、どうしたってしつこく口説かれる状況になりやすい。相手はしたたかに酔っているし、フォローしてくれる黒服もいない。客にとっては都合がよくても、ホステスにとっては面倒くさいばかりなのがアフターなのだ。

にもかかわらず、瑠依には断れなかった。肉を食べたあとの展開も想像がついたが、それもまた断れないだろうと思った。

迷惑をかけたお詫びに、体を差しだそうという思いもあった。それが自分にできる最大の誠意であることを理解していた。

だが、誠意だけで誘いを受けたわけではなかった。

そのときははっきりわからなかったけれど、おそらく誘われたのが嬉しかったのだ。心の奥底で、恋の萌芽《ほうが》が生じていたと言ってもいい。

今宮戎《いまみやえびす》にある高級焼肉店でひとしきり飲み食いしたあと、予想通り源治のマンションに誘われた。瑠依は黙ってついていった。

問題は、ふたりきりの時間を過ごしたことで、彼に対する恋心がいよいよはっきりしてきたことだった。相手はやくざ者だ、遊ばれるのはしかたがないと覚悟を決めていたが、夜が白々と明けてくるころには、源治の虜《とりこ》になっていた。

もう三十路も間近だというのに、

「うち、こんな気持ちになったの初めてや」

と生娘《きむすめ》じみた台詞《せりふ》まで口にした。情事のあとの乱れたベッドの上で……。

「好きみたい……あんたのことが……」

「せやったら、わしの女房になるか？」

源治はこちらに背中を向け、煙草を吸いながら言った。背中の般若《はんにゃ》が、眼尻を吊りあげて瑠依を睨んでいた。源治の背中には、いや、肩や二の腕、尻や太腿まで、禍々《まがまが》しい刺青がびっしりと彫られていた。

「ほんまに女房にしてくれるん？」

瑠依は刺青の彫りこまれた広い背中にすがりついた。店の客として少なくない数のやくざと知りあったが、やくざと結婚することなど一度も考えたことがない。とても現実的なこととは思えなかったからだ。

源治の言葉にも現実感などひとつもなかったが、彼とふたりきりで過ごした時間は夢のようだった。なにを生業にしていようとかまわないと思えるくらい、幸福感に満ちていた。ならば後先考えず、すがりついてしまうのが女という生き物ではないだろうか？

そして源治は、女に対して口から出まかせを言う、いい加減な男ではなかった。

情事のあと短い眠りにつき、眼を覚ますなり難波《なんば》の高島屋に連れていかれた。プラチナにダイヤがちりばめられた、驚くほど高価な結婚指輪を買ってくれた。

「通さなならん筋があるよってに、婚姻届はちょい待ってや」

源治の決断の早さに驚きつつ、瑠依は瑠依でその日のうちに自分の筋を通した。ラウンジのオーナーと店長に、店をやめる旨を伝えた。

反対はされなかった。十年間同じ店で勤めあげ、売上にも多大な貢献をしてきた。それに加え、やめる理由が結婚で、相手が伊佐木一家の組長となれば、反対などできようはずがない。店のケツモチのやくざさえ、眼をつぶらなければならない相手なのである。

「せやけどなあ、瑠依ちゃん。馴染みのお客さんに黙っていなくなるっちゅうのは、そらあんまりにも殺生やで。せめてあとひと月……ひと月だけ店におってくれへんか？」

初老のオーナーに上目遣いで頼みこまれ、瑠依は言葉につまった。本当はすぐにでもやめたかったが、たしかにそれも乱暴な気がした。

「ほなら、そうします。寿退店のお祝いを、ひと月かけてパーッとやりましょ」

瑠依が退店をアナウンスしたことで、最後のひと月、店は記録的な売上を叩きだした。これで不義理は解消かと思っていたが、おさまらない男たちもいた。

太客である。

「あんたぁ、客とは寝ぇへんホステスやったんとちゃうの？　それが客と結婚って、枕やっとったってことやないんか？　どういうことか説明してぇや」

そんなふうにしつこくネチネチとからんでくる者もいれば、あり得ないような手荒な行動に出るド阿呆もいた。

ある日、店からの帰り道に待ち伏せされた。あと少しで自宅マンションというところで、路駐していたセルシオから、ずんぐりむっくりした男がふらりと出てきた。

「さんざん人に金を使わせてからよう、寿退店ってどないなっとんねん……」

有馬だった。彼もまた、月に百万は落としてくれる太客のひとりだったのだ。

「あんたが客とは絶対寝ぇへんっちゅう話やったからこっちも我慢しとったのに、客とデキてたんはルール違反ちゃうんか？　どう落とし前つける気なんや、こら」

当時瑠依が住んでいたマンションがあったのはオフィスビルが多いところで、夜になるとほとんど人通りがなかった。大通りなら深夜でもクルマの往来があるが、生憎《あいにく》マンションは大通りから一本入ったところにあった。その道で待ち伏せされた。

「しかも、その相手が同業者ってどういうこっちゃ。あんた、やくざ者好《す》いとったんか？やったらわしにも抱かせぇや。いままで金をつこたぶん、それでチャラにしたるから、ひと晩付き合わんかい」

「アホなこと言わんといて」

瑠依は夜闇に眼を凝らし、有馬を睨みつけた。相手はひとりではなかった。有馬はセルシオの後部座席から出てきたので、若い衆が運転席に座っているはずだった。人通りの絶えた夜道で、相手はやくざが最低でもふたり。挑発的な言動をとるべきではなかったが、瑠依はカチンときていた。

「ハッ、誰が同業者やねん。同じやくざでも、うちの人とあんたじゃ月とすっぽん。そんなこと言うたらすっぽんに悪いくらいやわ。男っぷりが全然ちゃう」

伊佐木一家と竜虎会は、構成員の数ではそれほど変わらない。ただ、武闘派で鳴らした伊佐木の組長と、薄汚い金儲けばかり画策している竜虎の若頭では格が違った。ひとりの男としての器や色気でも、比べようもないほどの差があった。

そうは言っても、有馬も有馬でやくざ者には違いなく、

「なんやてぇ……」

凄まれると、夜闇に緊張が走った。ずんぐりむっくりした体つきをしているくせに、有馬は機敏な動きで身を寄せるや、強い力で瑠依の手首をつかんできた。

「なにすんの！　痛い！」

「ええからはよクルマに乗れや。たったひと晩のご奉公で、いままで貢いだぶんチャラにしたる言うとるんやから、安いもんやろが」

すっかり頭に血が上っている有馬に、無理やりクルマまで引きずられていきそうになったときだった。

「おどれ！　なにさらしてけつかんじゃ！」

背後から野太い声がしたと思うと、ボゴッと鈍い音がして、次の瞬間、有馬が地面に倒れこんだ。あたりが夜闇に包まれていたこともあり、瑠依には有馬が殴り倒されたということが、すぐには理解できなかった。

「しょうもないことしくさりよって！　誰の女に手ぇ出しとんのや！」

声の主は源治だった。瑠依に会いにきてくれたらしい。退店までのひと月、源治は店に飲みにくることを遠慮していた。そのかわり、瑠依の帰宅時間に合わせて部屋にやってくることがよくあったのだ。

「われナメとったらいてまうど！　おうっ！　おうっ！」

源治はドスを利かせた低い声で言いながら、地面に転がっている有馬を何度も何度も踏みつけた。鬼の形相だった。源治が背負っている般若の刺青の何倍も恐ろしく、瑠依は正視することができなかった。暴力の塊、いや、殺気の塊が火花を散らして爆裂を起こしているようだった。

「す、すんません、すんません」

革靴の硬い踵で前歯を折られて口から血をダラダラ流し、おそらくあばらあたりの骨も無事ではすまないほど蹴られまくった有馬は、為す術もなく白旗をあげた。

セルシオの運転席にいるはずの若い衆は、最後まで姿を現さなかった。源治の恐ろしさに度肝を抜かれ、小便でも漏らしていたのかもしれない。

「おう、そこの生ゴミきっちり回収しとけや」

源治はセルシオのサイドウインドウを開けさせて運転手にひと声かけると、

「ほな行こか」

笑顔で瑠依の肩を抱いて歩きだした。顔は笑っていても、源治はまだ、全身から強烈な殺気を放っていた。瑠依は肩を抱かれた瞬間ビクッとし、部屋に着いてからもなかなか震えがとまらず、トイレに閉じこもって少し吐いた。

5

原色のライトがチカチカと点滅しているラブホテルの部屋に、ビリビリビリッ！　とサディスティックな音が響いた。

新調したばかりの白いドレスを引き裂く音だった。引き裂いているのは有馬と蛭田、引き裂かれているのはもちろん瑠依である。

「いや！　やめて！」

喉が裂けんばかりに叫んでも、脚をジタバタさせて暴れても、男ふたりが相手となると、さすがに敗色濃厚だった。それも、一見してやくざとわかる風体をしている有馬より、痩身の蛭田のほうが厄介だった。

瑠依の抵抗が激しくなると、ニヤニヤ笑いながら腹部に拳を叩きこんできた。思いきりではなかったが、けっこうな力強さだったので、瑠依の息はとまり、眼を白黒させて悶絶しなければならなかった。

ボディブローを何度も打ちこまれていると、次第に抵抗する気力が削がれていった。こちらは腹筋を鍛えているボクサーではないし、笑いながら平気で女を殴る蛭田の残忍さにも、心が折れそうだった。

うちは伊佐木一家組長の妻や、恥辱にまみれるくらいなら殺されたほうがマシ……。

いくら自分に言い聞かせても、体が動かなくなっていった。心が折れるより先に、体のほうが暴力に屈してしまった。

瑠依の抵抗が弱まると、男たちはドレスを脱がしてきた。といっても、その時点でボタンははじきとばされていたし、生地もビリビリに破られていたので、脱がされるというより毟《むし》りとられる感じだった。

「クククッ、下着にも贅沢するタイプなんやな」

半裸になった瑠依を見て、有馬が脂ぎった笑みを浮かべる。

瑠依はその日、フランス製の黒いランジェリーを着けていた。ハーフカップのブラジャーにハイレグパンティ、腰にはガーターベルトを巻いている。極薄の黒いストッキングは、もちろんセパレートタイプで太腿をレースで飾ってある。

今日は瑠依の三十五回目の誕生日——本当なら、北新地にあるフレンチレストランで源治とディナーを楽しんでいた。もはや新婚とは言えない結婚五年目の夫婦でも、源治は情熱的で性根のやさしい男だから、食事の後は夜景の見える高層ホテルにでもエスコートされていたはずである。

それを見越して着けていたセクシーランジェリーだった。間違っても、有馬のような品性下劣な男に見せるためのものではない。

「ええ加減にして」

ギリリと歯嚙みして睨んでも、返ってくるのは下卑た笑いだけだった。

「ええ加減観念するんは、あんたのほうやて」

有馬が言い、蛭田がなにかを持ってきた。真っ赤なロープだった。ドレスをすっかり剝ぎ取られ、黒いランジェリー姿になっている瑠依に、それがかけられた。両手はすでに背中で縛りあげられていたが、さらに両脚を閉じられないようにされてしまう。あられもないM字開脚である。

「ククク、ええ格好やで……」

有馬は眼をギラつかせながら舌なめずりをした。

「わしがどれだけこのときを待ち望んだかわかるか？　あんたを見初めてラウンジに通い倒

し、つこた金は一千万じゃきかん。やのにろくに手も握らせんと、しまいにゃトンビにお揚げさんよろしゅう源治にさらわれたんじゃ。調子こいたあんガキに、いてこまされるおまけまでついてよう」

「くっ……」

有馬の右手が胸に伸びてきたので、瑠依は顔をそむけた。ブラジャー越しにふくらみをむんずとつかまれた。体形がずんぐりむっくりなら、指も太くてむっちりしている。

「それにしてもイイ女ですねえ……」

蛭田は腕組みをし、瑠依に手を伸ばしてくることはなかった。かわりに視線を向けてくる。真っ黒いサングラスをかけていてもはっきりわかるほど、ヌメッとした薄気味悪いまなざしで、下着姿の女をむさぼり眺めてくる。とくにハイレグパンティがぴっちりと食いこんでいる股間を……。

「なんや、いまさら」

有馬はどこまでも無遠慮に、胸のふくらみを揉みしだいてきた。

「ミナミの宝石やぞ、ええ女に決まっとるやないか」

「いやいや、よく見てくださいよ。ものすごいモリマンじゃないですか？　モリマンには名器が多いですから。ふふっ、味見するのが楽しみですね」

「なるほどな……」

有馬の視線も、瑠依の股間に向かってきた。こんもりと盛りあがった土手高の恥丘を、ねっとりと舐めるように眺めまわす。

もうあかん……。

瑠依の胸の内は、暗色の諦観に塗り潰されていった。有馬による瑠依の拉致監禁は成功したのだ。ということはつまり、これから凌辱の限りを尽くされることは、火を見るよりもあきらかだった。

ラブホテルは防音対策をしているし、悲鳴をあげたところであえぎ声だと思われるのが関の山だろう。それに、このラブホテルはおそらく竜虎会の息がかかっている。それどころか竜虎会自体が経営しているかもしれず、ということは、ホテルのスタッフに助けを求めても無駄だということだ。そもそも手脚をロープで縛られてしまっては、逃げだすことだってままならない。

組長の妻になった以上、我が身に火の粉が降りかかってくることは覚悟していた。家族に手を出すのは御法度な世界とはいえ、流れ弾にあたって死ぬこともあれば、修羅場に巻きこまれて命を落とすことだってある。

だが、覚悟ができているつもりでも、いざとなると心が激しく揺れ動いた。

瑠依は源治を愛していた。源治こそが運命の男だと初めて抱かれたときに思ったし、いまもその考えは変わらない。

源治に対する愛が強すぎるゆえ、有馬のような卑劣漢に辱められてなお、元の生活に戻って気丈に振る舞える自信などなかった。こんな男に抱かれるようなことになるのなら、死んだほうがマシなのかもしれないと思った。

たとえ体を穢《けが》されても、魂の純潔だけは守りたい。気高い極道の妻として、人生をまっとうしたい。

舌を噛んで死んでしまおうという衝動が、激しく鼓動を乱れさせる。

「おかしなこと考えたらあかんで」

瑠依の胸の内を見透かしたように、有馬が言った。

「あんたが死んだら、わしらもうひとりの人質を締めあげなならん」

「……どっ、どういう意味や？」

瑠依が声を震わせると、

「香子ちゃんに決まっとるやろ」

有馬が勝ち誇ったように言い放った。

「あんたがおかしなことさえせなんだら、あの子は無事や。わしらだって鬼やあらへん。いまは安心安全なところにおるし、ちょっかいも出さへんつもりや。だがそれも、あんたの心掛け次第で変わってくる。わしらを無慈悲な鬼にせんといてくれよな」

「ちっ、畜生おおおーっ！」

瑠依は叫んだ。

「あんたら人間やないっ！　畜生やっ！　いったいどこまで卑怯もんなんやっ！　あん子は正真正銘の堅気なんやで。組同士の抗争なんて関係ないやろっ！」

「関係あんねん」

有馬は非情なまでに冷たい口調で言い切った。

「あんたと同じ理屈やで。香子ちゃんは源治の妹や。それも、眼の中に入れても痛ないほど、猫っ可愛がりに可愛がっとるらしいやないか。伊佐木一家がぶっ潰れたとき、そないな子を西侠連合が見逃すはずあらへん。わしらがいま助けとかな、外国の売春窟に売り飛ばされるだけやねんで」

「ゆっ、許さへんっ……絶対に許さへんからなっ……」

瑠依が怒りに声を震わせたときだった。

電話が鳴った。

有馬がチッと舌打ちし、ベッドの側のサイドテーブルに置かれた電話に向かう。

「おう、繋いでや」

受話器を取ると低い声で言い、小声でなにかを話しはじめた。何度かうなずくと、すぐに電話を切った。

「残念やなあ、これからいうときに……」

ふーっ、と太い息を吐きだす。

「本家からの客人やから、事務所に戻らにゃならん。ちゅうわけで蛭田、あとはまかしたで。おどれの腕の見せどころや」

「はい」

「わしの勘じゃ、いよいよカチコミいうことになりそうや。となると、二、三日は戻ってこられへんかもしれん。その間に、このじゃじゃ馬、しっかり躾けときや。舐めろ言うたら舐めて、股開け言うたら股開くように、あんじょう頼むで」

「お任せください」

「ただし！」

有馬はにわかにドスを利かせた。

「最初に抱くのは、こんわしや。オメコにチンポ突っこんでよがり泣かすんは、まずわしやないとあかん。おどれ、いちびって先に味見なんぞしよったら、奥歯ガタガタいわしたるからな。きっちりわきまえとけよ」

「はいはい、わかってますよ」

蛭田はニヤニヤ笑いながらうなずいた。

「オマンコさえしなければいいんですね？　他はなんでもＯＫで」

「そういうこっちゃ」

有馬は威張り腐った態度でうなずくと、ずんぐりむっくりした体をいからせて、部屋から出ていった。

第二章　笑う色事師

1

有馬が出ていき、瑠依と蛭田のふたりきりになった部屋は、海底のような静寂に包まれていた。壁や天井が鏡張りで、音もなく原色のライトがチカチカ点滅している光景は異常さだけが際立ち、現実感が失われていく。

蛭田は腕組みをして立ったまま、何事か思案していた。

この男はいったい何者なのか？

瑠依の中の疑問はとけるどころか、ますます深まっていくばかりだった。

やくざには見えないが、堅気にはもっと見えない。瑠依を伊佐木一家組長の妻と知ってここまでの狼藉《ろうぜき》を働くからには、相当な覚悟がなければならない。

となると……。

蛭田の正体は、やくざよりさらに闇深い存在――社会の最暗部で息をひそめてうごめいている犯罪者の類いかもしれなかった。

金のためならルール無用で悪事を働く輩が、やくざの周辺にはたしかに存在しているのだ。やくざは彼らを利用しつつも、心の中では蔑んでいる。組のため親分のため兄弟分のために体を張っている自分たちと比べ、金のためならなんでもするヨゴレだと思っていない者はいない。

だが逆に言えば、その手の人間は金次第で容易に寝返るということだった。彼らの行動原理は親の命令でも仁義でもメンツでもなく、金なのである。

「なあ……」

瑠依は静かに声をかけた。

「あんた、有馬からいくらもらう約束してるん？　うちが倍払うから、ロープほどいてよ」

蛭田は一瞬キョトンとしたが、

「そりゃ無理ですね」

と呆れたように笑った。

「あの人裏切ったら、竜虎会どころか西俠連合にまでつけ狙われることになります」

「あいつ、ええ加減なこと言うてたけど、伊佐木一家はそう簡単に潰されんよ。タマぁとられるのは、有馬のほうや。そしたらあんた、まるっきりの働き損。一銭にもならんどころか、伊佐木のマトにかけられるんやで」

「そう言われましてもねえ……」

「そない西侠連合が怖いなら、外国に逃げたらええ。しばらく遊んで暮らせるだけの金渡すし、ルートも伊佐木が用意する」

「ごめんですね、外国なんて」

蛭田はクールに首を振った。

「ボクは日本の女が好きなんです。日本の女とセックスするのが、三度の飯より大好きでしてね。ガイジン女のアソコになんて、これっぽっちも興味ない」

蛭田の眼がにわかにギラつきはじめたので、瑠依は身構えた。

「とくに姐さんみたいな気の強い女にはそそられますよ。どんなじゃじゃ馬でも、ボクの手に掛かればあっという間にメス奴隷……パンツ丸出し、大股開きで縛られてるのに、こんなに気丈な姐さんは、ドキドキするほど期待がもてますねえ。もしかしたら、ボク史上最高の傑作が生まれるかもしれません。メス奴隷のね、最高傑作」

色事師か……。

瑠依は胸底で吐き捨てた。女で飯を食っているやくざは、自分に惚れさせて自分のために売春するように仕向けていく。

色事師はそうではない。セックスの手練手管で女を言いなりにする。瑠依は詳細まで知らないが、快楽の魔力で女を虜にするらしい。

戦慄を覚えている瑠依の背後に、蛭田はまわりこんできた。「せーの」と掛け声をあげ、ソファを引きずりはじめた。痩身にもかかわらず、腕力の強い男だった。ビニール張りのソファはふたり掛けだし、その上に瑠依が座っているのに、難なく九十度回転させる。

「……やっ！」

瑠依の口からか細い悲鳴がもれた。蛭田は瑠依が壁と向き合うようにソファを回転させたのだが、その部屋の壁は鏡張りだった。黒いランジェリー姿でM字開脚に縛りあげられている自分と、対面させられたのである。

鏡との距離は一メートルほどだろうか。瑠依は反射的に脚を閉じようとしたが、もちろんできなかった。ならばせめてと体を横に向けようとするが、後ろから蛭田に両膝をつかまれてしまう。

「もう観念したらどうですか……」

蛭田の粘ついた視線が、鏡越しに瑠依の体に注ぎこまれた。素肌という素肌を舐めるように這いまわり、黒いハーフカップブラジャーに包まれている胸のふくらみ、さらにはハイレグパンティがぴっちり食いこんでいる股間までむさぼり眺めてくる。

唐突にブラジャーのカップをめくりさげられ、

「いやあああーっ！」

瑠依は叫び声をあげた。

「うひょー、綺麗な乳首！　まだピンク色に輝いてるじゃないですか」

蛭田は下品な声をもらすと、すかさず左右の人差し指を立てて、乳首をくすぐりはじめた。指先を小刻みに左右させる手慣れたやり方だったので、瑠依の気持ちとは裏腹に乳首はむくむくと突起していく。

恥ずかしかった。目の前の鏡に、頬を紅潮させて羞《は》じらっている自分の姿が映っているのが、なおさら恥ずかしい。

「いいおっぱいですねえ……」

蛭田はささやきながら、下半分がブラに包まれているふくらみを、ブラごと揉みしだいてきた。太くてむっちりした有馬の指とは逆に、蛭田の指は細くて長かった。さらに、有馬とはまるで違う、繊細な動きをする。ふくらみをひとしきり揉んでいたかと思うと、しつこいほどに乳首をくすぐってきた。

「見た目が綺麗なだけじゃなくて、感度も抜群。クククッ、もうこんなにツンツンに尖ってる」

不意に左右の乳首をぎゅーっとひねりあげられ、

「あううう—っ！」

瑠依はのけぞって声をあげた。くすぐり方が繊細だっただけに、突然襲いかかってきた強い刺激が体の芯まで響いた。

とはいえ、まるであえぎ声のような声をあげてしまったのは、大失態だった。調子に乗った蛭田は、乳首をくすぐってはひねりあげ、ひねりあげてはくすぐってくる。

「くうっ……くぅううう—っ！」

歯を食いしばり、声を出すのを必死に我慢した。瑠依はもともとセックスが得意なほうではなかった。はっきり嫌いだったと言ってもいいくらいだったけれど、源治に抱かれてそれまでのセックス観が一八〇度ひっくり返った。

武闘派やくざとして鳴らしているくせに、源治は自分の欲望より、瑠依が満たされることを優先してくれる男だった。

自分勝手なところがなく、甘いムードをつくるのがうまい。源治に抱かれていると、いつだって柔らかいセーム革で磨かれている宝石の気分だった。セックスのことをメイクラブと呼ぶ感覚が、彼と結婚して初めて理解できた。

　とはいえ、蛭田の愛撫もまた、自分の欲望より、女の快感を優先しているように感じられた。やっていることはレイプそのものなのに、暴力的なにおいがしない。鏡越しに瑠依を見るまなざしは時に科学者のように冷たくて、こちらの様子を注意深くうかがっている。感じているのか、いないのか……欲情に火がついているのか、いないのか……。

　欲情なんてしてたまるか……。

　瑠依は血が出るような強さで唇を嚙みしめ、乳首への刺激をやり過ごそうとした。愛があるからセックスはメイクラブになるのであり、手練手管で女をどうにかできると思ったら大間違いだと蛭田に言ってやりたかった。

　しかし、三十五歳の体はよく熟《う》れて、源治との夫婦生活によって性感も充分に発達していた。コチョコチョ、コチョコチョ、としつこく乳首をくすぐられていれば、尖るだけではなく疼《うず》きだす。鏡に映った自分の乳首があまりに大きくなっているので、顔から火が出そうになってしまう。

「はぁうううぅーっ！」

　声をこらえきれなかったのは、蛭田の右手がハイレグパンティをぎゅーっと引っ張りあげたからだった。フロント部分を掻き寄せてつかみ、さながらふんどしのようにして、股間に食いこませてきた。

「あああっ……はぁあああっ……」

クイッ、クイッ、クイッ、とリズムをつけてパンティを引っ張りあげられると、瑠依は身をよじらずにいられなかった。もちろん、刺激をやり過ごすためにしているのだが、鏡に映った自分は、よがっているようにしか見えない。

涙が出そうなほど恥ずかしかった。しかも、フロント部分をふんどし状にされているので、両サイドから陰毛がはみ出してしまっている。こんな醜態をさらすくらいなら、いっそ死んでしまったほうが楽になれそうである。

だが、死ぬことだけはできなかった。舌を嚙んで瑠依が死んだら、凌辱者たちの毒牙は香子に向かうからだ。二十五歳にしては幼く、男女の営みなんて知らないであろう彼女を、こんな目に遭わせるわけにはいかなかった。そんなことになったら、死んでも死にきれない。いつかあの世で源治と再会しても、お詫びの言葉が見つからない。

「匂ってきましたね……」

蛭田がくんくんとわざとらしく鼻を鳴らした。

「これは間違いなくメスの匂いです……発情したメスの匂いです……」

「やめてえっ！」

瑠依はたまらず鏡から顔をそむけた。蛭田がただの言葉責めで匂いに言及したのではないことを、瑠依は直感で悟っていた。自分で自分の匂いを感じることは難しいけれど、いやらしい匂いを振りまいていても少しもおかしくない状況だった。

しつこく続いた乳首いじりに加え、クイッ、クイッ、と股間にパンティを食いこまされる動きも延々と続いていた。蛭田は右手でパンティを引っ張りながら、左手では乳首をくすぐりつづけている。

卑劣な男のおぞましい愛撫とはいえ、蛭田には乱暴なところがいっさいない。真綿で首を締めるようにじわじわと、瑠依を追いこんでいく。パンティを食いこまされている股間は熱く疼き、息が苦しくてしかたがなかった。ハアハアと息をはずませながら伏し目がちに鏡をチラリと見ると、驚くほど浅ましい顔をした自分と眼が合った。

2

どれくらいの時間が経っただろう？

時計で計れば二、三十分のことかもしれないが、瑠依には二、三時間にも感じられる長い間、蛭田の愛撫は続いた。

途中でギアをあげ、激しい愛撫に変化させないところが狡猾《こうかつ》だった。瑠依が感じれば感じるほど、蛭田はむしろ、刺激を弱めた。

それでも、いやだからこそ瑠依は感じてしまう。蛭田は女の体がどのように欲情していくのか、よく知っているのだ。クイッ、クイッ、と引っ張りあげられているパンティの内側は、もうすでにヌルヌルだった。恥ずかしいほど蜜を漏らしていることをこんなにもはっきりと自覚できたのは、もしかすると初めてかもしれない。

「それじゃあそろそろ、ご開帳といきましょうか」

蛭田が下卑た笑いを浮かべて愛撫の手をとめた。かわりに、ハイレグパンティの両サイドに手を伸ばしてくる。

瑠依の穿いているパンティはフランス製の扇情的なデザインだから、両サイドが紐で結ばれていた。それをほどかれてしまえば、Ｍ字開脚に縛りあげられた状態でも、簡単にパンティを脱がされてしまうことになる。

「やっ、やめっ……」

瑠依は息も絶えだえだったが、最後の力を絞りだして言った。

「金ならなんぼでも払います。お願いやから、これ以上は堪忍して。うちと香子を助けてくれたら、あんた一生、伊佐木一家からＶＩＰ扱いされるんやで……」

「諦めが悪いですねえ……」

　ククッ、と喉を鳴らして蛭田は笑った。

「でも、そんな姐さんだからこそ、ますます燃えますね。金の問題じゃない。姐さんみたいない い女を調教できるなんて、二度とないような幸運です。ミナミの宝石どころの話じゃない。日本一の上玉です」

「そっ、そこまで言うんやったら、ええよ……うちを抱いてもええ……抵抗なんてせぇへんし、舐めろ言うならどこでも舐めたる……せやから、こんな屈辱はもう堪忍してえや……」

「堪忍できませんねえ……」

　蛭田がパンティの両サイドをほどいた。

「ほーら、ご開帳」

　フロント部分をはらりとめくられ、

「くっ！」

　瑠依は鏡から顔をそむけた。熱く疼いている女の花に新鮮な空気を感じ、背筋にぞくぞくと悪寒が這いあがっていく。

「まったく、どこまでも悦ばせてくれますねぇ……」

　蛭田が感嘆の声をもらす。

「ここまで見事な生えっぷりの女を見たのは久しぶりです。アソコの毛が濃いのは好きものの証拠……姐さん、あなた夜は激しいほうでしょ？　綺麗な顔して、チンポ咥《くわ》えこんだら離さないタイプでしょ？」

「ううう……」

瑠依は屈辱にうめくことしかできなかった。昔から陰毛が濃いほうで、水着を着る夏場には両サイドを整えなければならなかった。ＶＩＯの処理が流行るのはもう少しあとのことだし、陰毛が濃すぎて恥ずかしいという感覚自体が薄かった。

しかし、色事師の男に好奇の視線を向けられ、あまつさえ口汚くあげつらわれれば、恥辱がこみあげてくるのをどうすることもできない。

「ボクの知り合いで毛相占いができる男がいましてね。姐さんみたいに逆三角形にびっしり茂った黒いマン毛の持ち主は、ドスケベのド淫乱と相場が決まってるって言ってました。クククッ……」

「黙りぃ！」

瑠依はたまらず声を荒らげたが、

「うーん、残念……実に残念ですが、しかたがない……」

蛭田はぶつぶつ言いながらバスルームに消えていった。二、三分後、お湯を張った洗面器を持って戻ってきた。他にも細々としたものを持っていた。ハサミにT字剃刀《かみそり》にシェービングクリーム……。

「なっ、なにするつもりなん？」

瑠依は声を上ずらせた。嫌な予感に胸を掻き乱される。

「さあ、なにするんでしょうねえ……」

蛭田はとぼけた口調で言いながら、瑠依の前にまわりこんできた。あられもなく開かれた股間の前にしゃがみこみ、ハサミを手にする。

「動かないでくださいよ。ケガするから」

チョキチョキとハサミを鳴らすや、陰毛を切りはじめた。さらにシェービングクリームとT字剃刀を使い、形を整えていく。

「ほーら、可愛くなった」

蛭田が立ちあがり、瑠依の後ろにまわりこんでくる。

「くううっ！」

瑠依はたまらず顔をそむけた。だが、そむける前に一瞬、鏡をチラリと見ずにはいられなかった。見なければよかったと後悔しても後の祭り。逆三角形の陰毛が、ラブリーなハート形に整えられていた。

「姐さん、顔立ちがキリッとしてるし、ギャップがすごいですね。エロすぎでしょ。ククッ……」

瑠依は唇を噛みしめること以外、なにもできなかった。はっきり言って、こんな屈辱は初めてだった。

「本当はこのハートを、ピンク色に染めたいところなんですけどねえ。そこまでやると手間もかかるし、時間もかかる。ここはスカッと、つるマンになってもらいましょう」

蛭田は再び瑠依の前でしゃがみこむと、ハート形の陰毛にシェービングクリームを塗りはじめた。

「やっ、やめてっ！　あんた、勝手にそんなことしてええん？　あとで有馬に激怒されてもしらんよ？」

有馬のことは思いだすだけではらわたが煮えくりかえったし、戻ってきたら犯されると思うと総身の毛が逆立ちそうだったが、背に腹は替えられない。放っておくと、蛭田の好き放題にされてしまう。

「有馬さん、つるマンが大好きだったはずですし、毛なんてそのうち生えてくるから平気でしょう」

蛭田は歌うように言いながら、T字剃刀で陰毛を剃りはじめた。ジョリ、ジョリ、という不快な音が、耳からではなく素肌を通して伝わってくる。戦慄が悪寒となり、体中を小刻みに震わせる。

「うっくっ……ううう っ……」

瑠依は涙をこらえるのに必死だった。陰毛を剃られた体で、源治に抱かれることはできないと思った。源治は心根のやさしい男だから、すべてを許してくれるかもしれないが、瑠依のほうが我慢できない。卑劣な色事師に穢された体を、愛する男に差しだしたくない。

「ほーら、できあがり」

蛭田は蒸しタオルで丁寧に股間を拭《ぬぐ》うと、立ちあがって瑠依の後ろにまわりこんできた。

瑠依は当然、鏡を見ないように顔をそむけていた。その顔を両手で挟まれ、強引に正面を向かされる。

「眼を開けて、ちゃんと見なさい」

蛭田が勝ち誇ったような声で言う。

「これが姐さんの運命です。泣こうがわめこうが、脅そうが金を積もうが、姐さんがボクに逆らうことは不可能なんですよ。見てみなさい、子供みたいにつるつるなオマンコを」

「ううう っ……」

恐るおそる薄眼を開いた瑠依は、卒倒しそうになった。陰毛を――それも他人よりかなり濃いめの草むらを失った股間の景色は衝撃的だった。

恥丘が真っ白だった。こんもりと盛りあがった丘から女の花のまわりまで、少女みたいな無毛状態なのに、少女の股間とはまるで違う。

男に抱かれる悦びを知っている三十五歳の女の花は、陰毛の保護を失うと言葉をなくすほどどぎつく、それが自分の体の一部だとはにわかには認められなかった。

アーモンドピンクの花びらが、鶏の鶏冠《とさか》を二枚合わせたように割れ目からはみ出していた。本来はもっとぴったりと口を閉じているはずだが、先ほどパンティを引っ張りあげる刺激を受けたので、だらしなく口を開いている。ともすれば奥まで見えてしまいそうな姿と対面させられ、あまりの衝撃に息もできない。

「なんで、こんなことするん？」

情けないほど上ずった声で、瑠依は訊ねた。

「あんたには、人の心いうもんがないん？　女を辱めてそんなに楽しい？」

「楽しいですねえ……」

蛭田はニヤニヤ笑っている。

「つるマンを拝むのも楽しいけど、それは単なるお戯れ。オマンコするのに、毛なんて邪魔なだけですからね。つるマンでオマンコするの、めちゃくちゃ気持ちいいんですよ。オマンコトチンポがびっくりするほどフィットして、癖になること請け合いです」

「ゆっ、許さへんっ！　ぜったい許さへんからっ！　あんたなんか伊佐木に殺されたらええ。それもただの殺され方やない。死んだほうがマシっちゅう拷問を延々受けて、ゴミクズみたいに捨てられたらええわ。覚悟しいっ！」

瑠依は鏡越しに蛭田を睨みつけた。顔が真っ赤だった。顔から火が出そうなほどの恥辱に震えているのだから、真っ赤になるのも当然だ。

「ははっ」

蛭田に動じる様子はない。

「つるマン剝きだしで鏡の前で大股開きして、まだそんなふうに啖呵《たんか》切れるんですね。姐さんはやっぱり最高の女だ」

言いながら、ゆっくりと瑠依の前にまわりこんできた。舌なめずりする表情が、サングラスをかけていてもはっきりとわかるほど欲望にギラつき、瑠依の身をすくませた。

3

「可愛いオマンコ……」

瑠依の前にしゃがみこんだ蛭田は、剝きだしになっている女の花をまじまじと眺めながら言った。

「姐さん、怒った顔は鬼みたいなのに、オマンコはこんなに可愛いんですね。生えっぷりのいい毛をすっかり剃ってしまったから、よけいに……」

ふうっ、と息を吹きかけられると、瑠依の背筋には冷たい汗が流れた。

「よく見ててくださいよ」

蛭田がダラリと舌を伸ばす。なんだか異様に長い気がして、冷たい汗の浮かんだ背筋にぞくぞくと悪寒が這いあがっていく。

「オマンコ舐めるためにある舌だって、よく言われます。クククッ……」

「やっ、やめっ……」

情けないほど弱々しい声で、瑠依は言った。もはやなにを言ったところで、蛭田が行為を中断することはないだろうと思った。それでも言わずにはいられない。こんな屈辱を、甘んじて受けとめきれるわけがない。

「もう堪忍したって……うち、舐められるのほんまに苦手で……舐められて感じたことなんて、いっぺんもない……」

「じゃあ、今日が初めてということですね。舐められて感じるのは……」

蛭田はサングラスをずらして上目遣いでこちらを見ながら、チュッ、チュッ、と内腿にキスをしてきた。瑠依は黒いガーターストッキングを穿いているので、素肌が露出しているのは股間に近い、敏感な部分だ。

さらにそこには、真っ赤な牡丹の刺青が入っている。入れていることさえ夫しか知らない大切な愛の印を無遠慮に撫でまわしては、キスの雨を降らせてくる。

「カッコいいですねえ。太腿に牡丹の刺青……いかにも極道の姐さんって感じがして、たまりませんよ」

蛭田が鼻息を荒らげ、いくぞ、いくぞ、とフェイントをかけてくる。いまにも肝心な部分を舐められそうな恐怖に、瑠依はすくみあがる。

「あううっ！」

花びらの縁をちょっと舐められただけで、瑠依は喉を突きだしてのけぞった。感じてしまったからではない。おぞましさに悲鳴をあげたのだ。

クンニリングスが苦手というのは嘘ではなかった。

恥部の味や匂いを知られるのが嫌なので、独身時代に関係のあった男たちにさせたことはない。源治にも数えるほどしかされたことがないけれど、それはキスをしながら手指で愛撫されるほうが気持ちいいし、見つめあってキスをされながらなので、身も心も満たされるからだ。

理由はそれぞれでも、いままで回避してきた苦手な愛撫を色事師にされるのは、屈辱以外のなにものでもなかった。しかも、蛭田はクンニリングスを得意としているようだったから、暗色の不安が胸いっぱいにひろがっていく。

「むううっ……むううっ……」

蛭田は鼻息をはずませながら、長い舌を踊らせてきた。といっても、彼の愛撫はやはり繊細で、舌先を使って花びらの縁をしつこいほどになぞってきた。さらに左右の花びらを片方ずつ開き、ぱっくりとひろげていく。

「ううう っ……くぅううう ーっ！」

恥辱に身悶える瑠依を嘲笑うように、蛭田は花びらの内側を舐めてきた。そうしつつ、クリトリスの包皮を剝いたり被せたりしてくる。

強い刺激とは言えないが、リズムに乗ってそれをされると、瑠依の腰は揺れた。そんなことはしたくないのに、身をよじる動きがみるみるいやらしくなっていく。

ダメや、そないなことしちゃ……。

いくら自分を叱責しても、体が言うことを聞いてくれなかった。紅潮しきった顔を脂汗にまみれさせ、首にくっきり筋を浮かべて歯を食いしばっても、この刺激はやり過ごせそうになかった。

狡猾な色事師は、瑠依が感じはじめていることを見逃さなかった。左右の花びらを片方ずつ口に含んではねちっこくしゃぶりまわし、浅瀬にヌプヌプと舌先を差しこんでくる。あふれた蜜をじゅるっと啜り、嚥《えん》下《げ》して笑う。

「姐さんのマン汁、いい味してる……」

さらに両手を上に伸ばし、乳首までいじりはじめた。先ほどブラジャーのカップをめくりさげられたままなので、ふたつの乳首は物欲しげに尖った状態でさらけだされていた。

「くぅうう──っ！　くぅううう──っ！」

いくらおぞましい男にされている愛撫でも、三十五歳の熟れた体をそんなふうにされれば、性感の高まりを拒むことは難しかった。下腹のいちばん深いところで、新鮮な蜜がじゅんとはじける。あられもないＭ字にひろげられた両脚の中心から、発情したメスの匂いがむんむんと立ちのぼってくる。

色事師は自信満々なだけあって、女を狂わせる手練手管に長けていた。女がいちばん感じる官能のスイッチボタン──クリトリスを直接刺激せず、その周辺及び乳首ばかりをねちっこく責めてくる。

緩急のつけ方も絶妙だった。瑠依の反応をきっちりと見極め、高まってくると舌を離す。

焦らされればもどかしさが募り、刺激が欲しくてたまらなくなる。いや、単なる刺激ではなく、刺激されることで訪れるであろう絶頂まで……。

「姐さん……」

蛭田がこちらを見てニヤリと笑った。

「そろそろイキたくなってきました？」

「アッ、アホな！」

瑠依は反射的に叫んだ。

「うちを誰や思うてるん？　男の中の男、伊佐木源治の妻やでっ！　あんたみたいなヨゴレの色事師に感じるわけないやろっ！」

「とことん燃えさせてくれますねえ……」

蛭田は口のまわりの蜜を腕で拭うと、

「さあ、素直にならないとますます恥ずかしいイキ方することになりますよ。姐さんはもう、まな板の鯉なんですから」

右手の中指を立てた。みずからしゃぶって唾液をたっぷりとまとわせてから、肉穴の入口をコチョコチョとくすぐってくる。

「やっ、やめっ！　やめてえっ！」

紅潮しきった瑠依の顔がこわばっていく。

蛭田は、コチョコチョ、コチョコチョ、と入口をくすぐっては、中指をじわじわと入れてきた。女がいちばん感じるのはクリトリスだが、肉穴の奥にはクリトリスに勝るとも劣らない性感帯が隠れている。

「あぁおおおおーっ！」

指はずぶずぶと奥に入ってくるや、鉤《かぎ》状に折り曲げられた。Gスポットをぐっと押しあげ、そのまま、ぐっ、ぐっ、ぐっ、とリズムをつけて刺激してくる。

「すごい濡れ方だ。こんなにぐちゅぐちゅにして、感じてないわけないなあ」

鉤状に折り曲げた指を出し入れし、ぬちゃっ、くちゃっ、と卑猥な音をたてる。

耳を塞ぎたくなるほど恥ずかしかったが、それ以上に肉穴の中の刺激に翻弄されてしまう瑠依だった。Gスポットはとくに感じる性感帯なのだ。そんなところをいやらしい指使いで押しあげられれば、正気でいることすら難しい。

だが、蛭田の色責めはそれだけに留まらなかった。ぐっ、ぐっ、ぐっ、とGスポットを押しあげながら、左手の中指でクリトリスをいじりはじめた。包皮を剝いたり被せたりしているうちは、まだよかった。そのうち、包皮を剝ききった無防備な状態にある肉芽を、ねちねちと撫で転がしはじめた。

「はっ、はぁうううううーっ！」

瑠依はたまらず甲高い声を放った。Gスポットとクリトリスの同時愛撫は、源治にもよくされる。しかし、愛の発露として瑠依を愛でている源治と、女を手懐《てなず》けようとしている蛭田には、雲泥の差があった。

蛭田はなにも、瑠依の体を乱暴に扱ってきたわけではない。むしろ逆に、繊細に注意深く愛撫を進める。一気に女を昂ぶらせようとするのではなく、押しては引き、引いては押す。じわじわと続く執拗な愛撫が、瑠依の欲情を揺さぶり抜き、やがて沸騰させていく。感じたくないと心では思っていても、体が反応してしまう。

あかんっ……感じたら絶対にあかんっ……。

瑠依が歯を食いしばると、

「ねえ、姐さん……」

蛭田が声をかけてきた。

「ボクも鬼じゃない。姐さんが素直になるなら、あっさりイカせてあげますよ。我慢は体に悪いですからねえ……」

言いながら、鉤状に折り曲げた指を抜き差しする。指先をGスポットに引っかけつつ、ぬんちゃっ、ぬんちゃっ、と粘つくような音をたてて……。

「そのかわり、イキたくなったら、ちゃんとおねだりしてくださいね。イカせてくださいって、ボクの眼を見て……」

「誰がっ……」

ガチガチと奥歯を鳴らしながら、瑠依は蛭田を睨んだ。

「誰がそんな。おちょくるのもええ加減にせえ」

「おちょくってませんよ」

蛭田は右手の中指を肉穴から抜いた。ホッとしたのも束の間、すぐさま中指と薬指、二本を同時に入れてきた。

「はっ、はぁおおおおおーっ！　はぁおおおおおおーっ！」

刺激が一気に倍増し、瑠依はちぎれんばかりに首を振った。二本の指は、数が増えただけではなく、肉穴の中でよく動いた。指先をランダムに動かし、Gスポットの凹みをくすぐられると、気が遠くなりそうなほどの快感がこみあげてきた。

と同時に、蛭田は左手の親指と人差し指で、剝き身のクリトリスをつまんできた。撫で転がされるより痛烈な刺激が下腹の奥までジンジン響き、Gスポットの刺激とぶつかってスパークする。恥丘を挟んで外側と内側から、同時に急所を刺激された瑠依は、頭の中が真っ白になっていくのを感じた。

もうダメかもしれへん……。

体中の肉が小刻みに痙攣《けいれん》しはじめたのを感じ、瑠依は絶望した。絶望の先にあるのは、恥ずかしい絶頂だった。

愛でもなく、恋でもなく、ただの手練手管で絶頂に導かれるのは恥ずかしい。それも相手が卑劣な色事師となれば、人生最大の屈辱だろう。源治に合わせる顔がなくなる。死ぬまで添い遂げると誓った男を裏切ることになる。

とはいえ、迫りくる恍惚《こうこつ》の前兆は光に満ちて、恥辱にのたうちまわっている瑠依を包みこんできた。心とは裏腹に、体は絶頂を求めて悲鳴をあげている。下腹の奥であふれた蜜はもう、股間の下に盛大な水たまりをつくっている。

「あっ、あんたを恨むっ……一生恨み抜くっ……」

もはや観念するしかないと諦めたときだった。

蛭田が唐突に愛撫をやめた。

部屋に何者かが入ってきたからだった。

4

「やっと来てくれましたか」

蛭田が出入り口のドアのほうに顔を向けた。

「有馬さんがいなくなってしまって、ひとりで退屈していたところですよ」

瑠依は出入り口に背中を向けていた。鏡に映った闖入者《ちんにゅうしゃ》の姿を見るなり、叫び声をあげたくなるほどの衝撃を受けた。

香子だった。

去年の誕生日に贈った小花柄のワンピースを着ていた。

だが彼女は、瑠依がよく知る、二十五歳にしては幼げでおとなしい義妹ではなかった。いきなり鏡越しに瑠依を指差し、「キャハハハ」と笑い声をあげたのだ。壊れたオモチャの人形のような癇《かん》に障る笑い方であり、底意地の悪い嘲笑でもあった。彼女がそんなふうに笑っているところを、瑠依は初めて見た。

「ええ格好やん、瑠依さん。大事な毛ぇ剃られて、お股おっぴろげられて……組長の妻の威厳も形無しやなあ」

ショックのあまり、瑠依は言葉を返せなかった。

彼女はいったいなにを言っているのだろうか？　小花柄のワンピースを着た姿はいつもと同じでも、表情はひどく露悪的だった。眼つきに憎悪が浮かんでいるが、瑠依は香子に憎まれるようなことをした覚えはまったくない。

蛭田が香子の側に近づいていくと、香子は蛭田の腕にしがみついた。その姿を鏡に映し、瑠依に見せつけてきた。

「うちはもう、伊佐木一家とは縁を切るから。この人のほうが、よっぽどわたしを幸せにしてくれる。お兄ちゃんの家にいても、毎日つらいだけやし」

「いっ、いったいどういうことなん？」

瑠依は震える声で訊ねた。

「なにがあったのか、わかるように説明してちょうだい」

「見ればわかるやないの」

香子は蛭田の腕にしがみついたまま、うっとりした眼つきで彼を見上げた。

「うちはこの人の女になったの」

「せやから、なんで……」

「瑠依さんが悪いんやで」

香子はわざとらしくしかめっ面をつくって言った。

「誰にでも股開く枕ホステスのくせに、うちからお兄ちゃん取りあげて……うちほんまにつらかったわあ。毎日毎日、お兄ちゃんとイチャイチャするとこ見せつけられて、なんべん死のう思ったことか……」

なるほど、香子は源治以外の人間に心を開かないところがあった。ブラザーコンプレックスの気《け》があることは、瑠依も気づいていた。

しかし、そこまで重症だとは思わなかったし、敵対組織に雇われている色事師の女になるなんて、あり得ない展開である。

もちろん、悪いのは蛭田であって、香子ではないだろう。百戦錬磨の色事師であれば、色恋についてなにも知らない純粋な香子をたぶらかすことくらい、赤子の手をひねるより簡単だったに違いない。

だいたい、瑠依のことを「枕ホステス」呼ばわりするなんて、嘘八百を吹きこまれたとしか思えなかった。瑠依は枕営業なんてしたことがないし、そんなことはミナミの夜の仕事をしている人間なら、誰でも知っていることだった。にもかかわらず、卑劣な嘘で純粋な香子の心に憎悪を植えつけるなんて、許しがたい所業である。

「なあ、蛭ちゃん……」

香子が甘ったるい声で訊ねた。

「瑠依さんのこと、どこまで調教したん？」

「まだ始まったばかりです」

すっかり脂下《やに》がった顔で蛭田が答える。

「準備運動が終わったところ、ですかね」

「そのわりにはずいぶん盛大にお漏らししとるみたいやけど」

香子の視線が鏡越しに股間をとらえたので、瑠依の顔はカアッと熱くなった。

色事師の練達した舌技・指技で絶頂寸前まで追いつめられたおかげで、花びらはぱっくり開いて薄桃色の粘膜まで露出しているし、あふれた蜜は女の花だけではなく、内腿までテラテラと光らせ、股間の下には水たまりができている。

「まだまだ序の口です」

蛭田はニヤリと笑い、冷蔵庫からなにかを取りだした。

「これ、今朝方買ってきた新鮮な山芋」

香子は首をかしげているが、瑠依にも意味がまったくわからなかった。それを尻目に、蛭田はすり鉢で山芋をおろしはじめた。

「なんやの？　とろろ蕎麦でも食べて精をつけようって魂胆？」

香子の言葉に蛭田はクククッと笑い、

「そんなわけないでしょう。極道の嫁さんだけあって、さすがに意地っ張りなんでね。特効薬です」

蛭田はすり鉢を持って瑠依の前にしゃがみこむと、木製のスプーンでおろした山芋をすくいあげた。

「出汁《だし》を混ぜてないから伸びないですが、そのぶん純度一〇〇パーセント。こいつをオマンコに塗ったらどうなるか……」

「うっ、嘘やろっ！　やめてっ！　そんなんやめてやっ！」

瑠依は焦った。激しく取り乱して身をよじったが、ロープで縛りあげられていては、手も足も出ない。

蛭田は本当に、おろした山芋を股間に垂らしてきた。さらに、木製のスプーンを使って、女の花に丁寧に塗りたくってから立ちあがった。

「うわあ……」

香子は口に手をあて、唖然《あぜん》としている。

「これはきつそうー。痒《かゆ》うて痒うて、頭ん中わやくちゃになるんちゃう」

「それでは香子ちゃん、一緒に風呂でも入りましょうか」

蛭田は香子の肩を抱き、バスルームに消えていった。

5

地獄の時間が訪れた。

山芋なんて指についただけでも痒くなるのに、敏感な肉芽はもちろん、粘膜にまで塗りたくられたのだからたまらない。

ただでさえ、瑠依の花は色事師の舌技・指技によって絶頂寸前まで追いつめられ、熱く疼いていたのだ。そこに山芋など塗られれば、どれほどの悲劇が訪れるのか……。

「くぅううーっ！　くぅううううーっ！」

自分ひとりになったラブホテルの部屋で、瑠依は激しく悶絶した。じわり、じわり、と痒みは右肩上がりに増していき、五分ほど経つと尋常ではない掻痒《そうよう》感が訪れた。

「かっ、痒いっ……痒いいいっ……」

とてもじっとしていられず、ハアハアと息をはずませながら身をよじる。両手の拘束さえほどければ股間を掻き毟ることができる――と思いきり両手に力を入れてみるが、ほどけないことは最初からわかっている。

痒みをこらえるのは痛みをこらえるよりつらいというのは、よく言われることだった。瑠依はいままで激しい痒みをこらえた経験がなく、せいぜい蚊に刺されたことがあるくらいだ。そんなものはキンカンでも塗っておけばやり過ごせるが、股間に山芋は拷問のようにつらかった。

しかも、大股開きで悶え苦しんでいる自分の姿が鏡に映っていることが、屈辱まで与えてくる。陰毛を剃られ、山芋を塗られて悶絶している自分の姿なんて、いままで想像したこともない。

蛭田と香子は、なかなか風呂からあがってこなかった。戻ってきたら戻ってきたで、また新たなる地獄が訪れることは明白だったが、それでもいまの状況が続くよりはマシな気がした。このまま延々と放置されていたら、頭がどうにかなってしまいそうだ。

まさかあのふたり……。

奥手な香子が男と一緒に風呂に入ることをふたつ返事で了解したことにも驚いたが、バスルームでセックスしていたら最悪である。そうなったら、二、三十分は戻ってこない。もはや一分我慢するのも地獄の苦しみなのに……。

「くぅううーっ！　くぅううーっ！」

歯を食いしばっても、唇を嚙みしめても痒さをやり過ごすことができず、気がつけば首にくっきりと筋を浮かべて涙を流していた。

山芋を塗られたのはせいぜい七、八センチ四方なのに、全身が痒みに冒されていくのが恐ろしい。鏡に映っている瑠依の顔は茹でたように真っ赤に染まり、耳から首まで同様に紅潮していた。さらに体中から汗がどっと噴きだして、素肌が露出しているところはヌラヌラと異様に輝いている。

「気分はどうです？」

ようやく蛭田が姿を現した。鏡越しに見る彼の顔は風呂上がりでさっぱりして、痒みに悶絶している瑠依の顔とは正反対だった。

「たっ、助けてっ……」

瑠依はか細く震える声で言った。蛭田の隣には香子がいた。彼女の前で色事師の軍門になど降《くだ》りたくなかったが、もうそんなことは言っていられない。

「かっ、痒いのっ……痒ぅて痒ぅて頭がおかしなりそうなのっ……助けてくれたらなんなと言うことを聞くさかいっ……せやさかいっ……せやさかいっ……」

「いいですよ」

蛭田は満面の笑みを浮かべてうなずいた。

「極道の嫁さんも、山芋には勝てませんでしたか。まあ、そうですよね」

「早《はよ》ぅ……早ぅ、ロープをほどいてっ……」

「誰がロープをほどくなんて言いました？　助けてってことは要するに、痒いところを掻けばいいんですよね？」

蛭田はバスルームから洗面器を持ってきた。お湯が張ってあるようだ。

「さっきから思っとったけど、なんなんそれ？」

香子が好奇に満ちた眼つきで訊ねる。蛭田がお湯からつまみあげたのは、藁《わら》で編まれたこけし人形のようなものだった。

「肥後ズイキです」

蛭田はさも得意げに答えた。

「ハスイモの茎を乾燥させてつくった……まあ、張形《はりがた》ですね」

「大人のオモチャ？」

「江戸時代から使われてる、伝統ある大人のオモチャです。木製の張形なんかはそれ以前からあったみたいですけど、ハスイモの茎ってところがミソなんですね……さーて、憐れな姐さんの痒いオマンコ、掻いてあげましょう」

蛭田は肥後ズイキを握りしめ、切っ先を肉穴の入口にあてると、そのままぐっと押しこんできた。

「ぐぅううう──っ！」

瑠依の顔が歪んだのは、異物を挿入された感覚に対してだった。痒いところは股間の表面であり、肉穴の中ではない。見当はずれのことをされていると落胆したのも束の間、肉穴の中が疼きだした。

瑠依はいままでに一度だけ、大人のオモチャを使ったことがある。新婚旅行で訪れた道後《どうご》温泉で、男根をかたどった張形をスナックのママに売りつけられたのだ。

源治は元来、大人のオモチャの類いに興味がない男なのだが、そのときは正体を失う寸前まで酔っていた。昼は蕎麦屋でビールを飲み、夕食ではお銚子を十本以上空け、さらに夜の街に繰りだしてスナックでウイスキーをガブ飲みしていたので、調子のいいママの軽妙な口上に釣られ、

「ほなら、ものは試しに、買《こ》うてみよか」

とスナックの副業に貢献したのだった。

飲みすぎて勃たへんのやろうな……。

口には出さなかったが、夜の世界で十年間も生きてきた瑠依には察しがついていた。酒を飲みすぎると勃たなくなる男の話はよく聞くが、そのくせ酔うと女を抱きたくなるのが男という生き物だった。その手のタイプは例外なくホステスに軽蔑されているけれど、相手が愛する夫となると話は別だった。勃起しないのに夜の営みはしたいという、源治の気持ちが嬉

しかったのをよく覚えている。

そのとき挿入されたシリコン製の張形と、肥後ズイキはなにかが違った。入れられた直後はよくわからなかったが、じわじわと肉穴の中が熱くなってきた。そして次第に、痒くなってきた。表面に塗られた山芋のせいかと思ったが、そうではなかった。

「どうです？　オマンコの中が疼いてきたでしょう？」

蛭田が意味ありげにささやく。

「そのうちもっと疼いてきますすよ。ハスイモの茎ですから。山芋と似たようなものです」

蛭田の言葉は嘘ではなかった。しかも、山芋の塗られた表面も、痒みがまったく治まっていない。

「たっ、助けてくれるんやなかったの？」

瑠依は自分でも情けなくなるような涙声で、蛭田に訴えた。

「かっ、痒い言うとるやん。痒ぅて痒ぅて辛抱たまらんって……」

「もちろん、助けてあげますよ」

蛭田は医者が手術に使うようなぴったりしたゴム手袋を両手にはめながら言った。人の股間に山芋を塗りたくっておきながら、自分は指さえ痒くなりたくないらしい。その腐りきった根性に反吐《へど》が出そうだったが、かまっていられなかった。

しい指使いだった。

「痒いのはここかな？」

蛭田がクリトリスをいじりはじめたからである。それも、掻くというより、もっといやらしい指使いだった。

「はっ、はぁうううううーっ！」

瑠依の腰は、ビクンッ、ビクンッ、と跳ねあがった。刺激が欲しいところを刺激された感覚は鮮烈で、もう少しで白眼を剝いてしまうところだった。

「姐さんのオマメ、すごく硬くなってますね」

蛭田が下卑た笑いを浮かべ、香子がキャッキャと手を叩いてはしゃぎはじめたが、瑠依はなにも言い返せない。ねちねち、ねちねち、とクリトリスを指で転がされると、体中の肉という肉がいやらしいほど痙攣した。衝撃的な喜悦が体の芯まで響いてきて、眼もくらむような快楽の暴風雨に巻きこまれていく。

しかも、喜悦を覚えているのは敏感な肉芽だけではなかった。肥後ズイキを挿入された肉穴の中も熱い疼きが増していくばかり——ハスイモの成分のせいなのか、クリトリスへの刺激と連動しているのか、あるいはその両方か、痒みを通り越して常軌を逸した快感が怒濤《どとう》の勢いでこみあげてきた。

「はぁうううううーっ！　はぁうううううーっ！　はぁおおおおおおーっ！」

瑠依は獣じみた声を撒き散らし、よがりによがった。クリトリスをいじっているのは卑劣な色事師で、側にいるのは義理の妹だった。よがっていいはずがないのだが、よがらずにはいられなかった。

まだ絶頂に達したわけでもないのに頭の中が真っ白になって、よけいなことはなにも考えられなかった。ただ快楽の暴風雨に、翻弄されることしかできない。まるで見えないなにかに揉みくちゃにされているように、体中の痙攣が激しくなっていくばかりだ。

「そろそろですかね」

蛭田は右手でクリトリスをいじりまわしながら、左手で肥後ズイキを抜き差ししはじめた。お湯に浸して柔らかくしてあるとはいえ、茎を乾燥させて束ねたものだから、表面に段々がついている。それで肉穴の内側をこすりたてられると下腹の奥に火がついたようになり、正気を失いそうになった。

いや、もうすでに、失っていたのかもしれない。先ほど蛭田にクンニをされてイキそうになったが、それよりもはるかに強烈な、経験したことがないような絶頂が訪れる予感がした。

「イキたくなったら、可愛らしくおねだりしなさい」

蛭田にささやかれると、

「イッ、イカせてっ！　イカせてっ！」

瑠依は反射的に叫んだ。

「ククク、さすがの姐さんも、山芋とズイキには敵いませんか。さっきまでの威勢のよさが嘘みたいですね」

「かっ、痒いのっ！　痒いのよおおおおーっ！」

自分でももはや、この体を蝕《むしば》んでいるのが掻痒感なのか絶頂への欲望なのか、わからなくなっていた。ただ、いまの状況が続くのは死ぬほどつらい。この状況から脱出できるのなら、生き恥をさらしたほうがマシだった。

「仕上げといきますか」

蛭田が愛撫のギアをあげた。肥後ズイキを出し入れするピッチをあげ、クリトリスをいじる指の動きもスピードアップする。全身が燃えあがっていく。体中から汗がどっと噴きだし、胸の鼓動が限界まで高まっていく。

「……イッ、イクッ！」

瑠依は顔をそむけ、ガクガクと腰を震わせた。蛭田が愛撫のギアをあげてから、十秒とかからなかった。

「くぅううーっ！　くぅうううーっ！」

喉を突きだしてのけぞりながら、ガクガクッ、ガクガクッ、と腰を震わせる。電流じみた快感が股間から頭のてっぺん、足指の先まで響いてくる。次々と襲いかかってくる快感の質量が凄すぎて、息もできない。

「……あふっ」

快感がピークを越えると、瑠依の体から力が抜けた。それでも両脚を中心に、痙攣がとまらない。真っ赤な牡丹の刺青が入った太腿が、ピクピク、ピクピク、といやらしいくらい震えている。

女が絶頂に達したとき、男はいったん動きをとめるのが常識的なセックスマナーというものだろう。絶頂直後の女の体は敏感すぎるほど敏感になっているので、どれほど上手い愛撫をされてもくすぐったいだけで、不快感のほうが強い。

にもかかわらず、蛭田は肥後ズイキの抜き差しをやめなかった。それどころか、さらにもう一段ギアをあげて、ずぼずぼっ、ずぼずぼっ、と肉穴を穿《うが》ってきた。クリトリスもいじりつづけている。敏感すぎるほど敏感になった女体の急所中の急所を、いやらしすぎる合わせ技で追いつめてくる。

「やっ、やめてっ！　もうイッたからっ！　もうイッてるからあああーっ！」

瑠依は泣き叫んだ。

「もうイッてる言うとるやろっ！　なに考えてんのや、ド阿呆っ！　そんなんされても気持ちよくないねんっ！　くすぐったいだけやっ！」

「いやいや、まだまだ」

蛭田はニヤニヤ笑うばかりで、いっこうに愛撫の手をゆるめようとしない。

「くすぐったさの向こう側に、新しい快楽の扉があるんですよ。ちょっとばかり辛抱すれば、夢の世界に行けますよ」

「あぁあああああーっ！　はぁあああああああーっ！」

瑠依は全身の骨が軋《きし》むほど身をよじった。女はイッた直後に性感帯を刺激されても不快なだけなはずなのに、次第に不快さを凌駕《りょうが》する勢いで新たな快感がこみあげてきた。自分でも信じられなかった。自分の体になにが起こっているのか理解するより早く、下腹のいちばん深いところで爆発が起こった。

「イクイクイクイクーッ！　またイッてまうっ！　はぁおおおおおおーっ！　はぁおおおおおおおーっ！」

ビクンッ、ビクンッ、と再び腰を跳ねあげ、瑠依は連続絶頂に達した。イッた直後の小休止もなく、こんなふうに無理やりイカされたのは初めてだった。パニックになりそうなほど頭は混乱しているのに、体中が喜悦に震えている。本人の気持ちを置き去りにして、体が快楽に乗っ取られていく。

「まだまだ……」

蛭田に瑠依を解放してくれる気はなさそうだった。肥後ズイキの抜き差しに力を込め、びしょ濡れになっている肉穴の中を隈《くま》無く刺激してくる。感じるところにあたって瑠依が大きなよがり声を放てば、そこを集中的に責めてくる。

クリトリスへの愛撫も休むことなく続いている。指で転がしたり、指の間に挟んだり、ヴァリエーションをつけて敏感な肉芽をこれでもかといたぶり抜いてくる。

「あぁあああああーっ！　はぁあああああーっ！」

瑠依は結局、五度の連続絶頂を遂げ、意識を失った。イキすぎて失神してしまう経験もまた、三十五年間の人生で初めてだった。

第三章　甘い記憶

1

もう五年も一緒に暮らし、毎日顔を合わせているというのに、瑠依が見る夢にはたいてい源治が登場する。

　そのときも源治の夢を見ていた。瑠依にとってもっとも大切な思い出のひとつ、初めて源治の部屋を訪れたシチュエーションだった。

　なにかを期待していたわけではない。瑠依はおそらく、そうなる前から源治に淡い恋心を抱いていたが、夜の蝶としてそんな胸の内を明かすわけにはいかなかったし、相手はやくざである。悪い男に引っかかったヘルプの子を助けてくれたお礼に体を差しだした、という意識のほうが強かったかもしれない。

それにしても、客とは絶対に寝ないという自分の中のルールを曲げて源治の誘いに乗ったのだから、源治に対する想いは普通ではなかったのだろう。

勤めているラウンジで閉店まで飲み、アフターで今宮戎にある高級焼肉店にエスコートされ、その後に源治が住んでいるマンションに向かった。

五階建ての建物の二階にある1LDK——目の前が私鉄の線路だった。瑠依が初めて行ったときは深夜だったが、昼間はうるさいだろうなと思った。

部屋は散らかっていた。源治はいつも真っ白いスーツをパリッと着こなしていたから、ちょっと不思議な気分になったことをよく覚えている。

もっとも、ひとり暮らしの男の部屋なので、こんなものだろうとすぐに思い直した。隅々まで掃除の行き届いた部屋に通されるより、散らかっているくらいのほうがいい。潔癖症の男なんて神経質そうだし、女の出番がなくなってしまう。もちろん、あばたもえくぼというやつだろうが……。

「シャワー浴びるか？」

源治に訊ねられ、

「どっちでも」

瑠依はぶっきらぼうに返した。まだキスもしていないのにベッドインは既定路線という感じの、源治の口調が癪《しゃく》に障った。とはいえ、ミナミでも指折りの武闘派やくざに、甘い台詞を期待するほうがおかしいと、それもまたすぐに思い直した。

「信じられんかもしれへんけど、うち経験少ないから、抱き心地悪かったら堪忍な」

実際、瑠依の経験人数は三人ほどで、しかも長く続いた相手がいなかった。北陸の田舎町から大阪に出てきたときは処女だった。色気を売りにしているホステスなのに、二十歳になっても経験がないというのはさすがにどうかと思い、京都の女子大に行っている同郷の女友達に頼みこんで、男を紹介してもらった。

「瑠依がそんなこと言うてくるなんて、珍しい。とってお紹介するわ」

現れたのは京都大学の三回生だった。実家が開業医で、将来の夢は官僚。見た目も小ざっぱりしているハイスペックな男だったが、デートもベッドインも一回だけで終わってしまった。

話の内容がつまらなかったからである。

それもそのはず、瑠依が勤めているラウンジにはやくざだけではなく、政治家や財界人、作家や大学教授、芸能人やその関係者もよく出入りしていて、彼らは女を楽しませる話術に長けていたし、人生経験も豊富だった。さすがの京大生でも、成功した大人の男と日々接している瑠依には、つまらなく見えてしまってもしかたがないだろう。

結局、女友達にはつごう三回ほど男を紹介してもらったのだが、誰とも長続きしないので、最終的には呆れられてしまった。

「もう瑠依に紹介するのいややわ。そない選《え》り好みするなら、自分の器量で相手探したらええやん」

彼女が呆れるのはもっともだったが、瑠依は困り果ててしまった。

水商売を続けたいなら客と寝ないほうがいいという直感は、すでに確信に変わっていた。彼女以外に紹介を頼めそうな女友達なんて関西圏にはいないし、路上のナンパについていくほど尻が軽くもなく、テレクラは性に飢えた男女がコソコソとうごめいている印象で、とても手を出す気にはなれなかった。

だったらいっそのこと、ホステスから足を洗うまで本気の色恋は封印することにしたのである。

「皺になるで」

瑠依がスーツの上着を脱いでソファに投げると、源治は苦笑した。

「ええの、べつに」

瑠依はその日、鮮やかなヴァイオレットブルーのタイトスーツを着ていた。スカートも脱いでソファに投げ、続いて白いブラウスのボタンをはずしはじめる。

いま思い起こしても顔が熱くなるほど、色気のない振る舞いだった。男が脱がしてくれるのを待つことができないほど、照れていたせいだ。

ブラウスも脱いで下着姿になると、

「カッコ悪いのう」

源治は困ったような顔で瑠依をしげしげと眺めてきた。

「パンストっちゅうのは、なんでそないに不細工なんやろ」

「はあ？」

瑠依は眉間に皺を寄せた。

「今度わしがガーターストッキングをプレゼントするわ。せっかくスーツは素敵やのに、下着がそれじゃあ、わやくちゃやや」

その言葉通り、源治は後日、海外ブランドのセクシーランジェリーをプレゼントしてくれた。なるほど、高い値段がついているだけあって、見映えもよければ着け心地も抜群だと感心した。おかげで瑠依はランジェリー集めが趣味のようになったのだが、そのときは恥ずかしくてしようがなかった。

「ごっ、ごめんなさい。不細工なもん穿いとって……」

声を上ずらせながら、あわててパンティストッキングを脱いだ。

源治と付き合うまで、下着に贅沢をするという発想がなかったので、ブラジャーとパンティも地味なベージュだった。これにも文句をつけたいのだろうなと思うと、瑠依の顔は熱くなっていくばかりだった。

源治もスーツを脱ぎ、ネクタイをほどいた。人には「皺になる」と言ったのに、彼も瑠依と同じようにソファに投げた。

ワイシャツを脱ぐ前に抱擁してきたのは、いきなり背中の刺青を見せて、瑠依を怖がらせたくなかったからだろう。

ソファがあるのはリビングだったが、寝室は奥のようだった。源治に手を引かれ、常夜灯しかついていない薄暗い寝室に移動すると、そのままベッドに押し倒された。枕も布団もシーツも、男の匂いがした。いい匂いだな、と思ったことをよく覚えている。

「ぅんんっ……」

唇を重ねられた。やさしいキスだったが、瑠依は緊張のあまり、パニック寸前だった。京大生に処女を捧げたときでさえ、こんなに緊張していなかった。生まれて初めて裸を見られても、自分でも驚くくらい平然としていたのに……。

緊張の原因はいきなり下着にダメ出しされたからだと思っていたが、そうではなかった。

源治のことが好きだったからだ。

「ぅんんっ……ぅんんっ……」

源治の舌が口の中に入ってきたので、瑠依も舌をからめた。はずむ吐息をぶつけあいながら、延々とキスをしていた。源治はキスをしつつ、瑠依の体をまさぐってきた。

といっても、胸や股間ではなく、背中やお尻だった。そして頭だ。長い黒髪ごと、何度も何度も後頭部を撫でられた。

胸が熱くなり、ともすれば感極まってしまいそうだった。瑠依は無遠慮に頭を撫でてくる客が大嫌いだった。子供扱いされているようで気分が悪かったし、髪は毎日お金をかけてセットしている商売道具なのである。

なのに、源治に撫でられると少しも不快ではなかった。むしろ大きなものに包まれているような安堵さえ覚え、自分からキスを深めていった。

唾液が糸を引くような熱い口づけを交わしていると、自分の下腹の中でなにかが溶けだしていくのがわかった。指で触ったりしなくても、濡れていることがはっきりわかった。

背中のホックをはずされ、ブラジャーを奪われると、

「いやや っ……」

瑠依はたまらず両手で胸を隠した。スレンダーなスタイルをしているので、胸はあまり大

きくない。コンプレックスというほどではないが、胸の大きな女のほうが裸になったとき見映えがいい。

「可愛い乳や……」

源治は苦笑まじりに言いながら、瑠依の両手を胸から剝がした。先ほどまで熱い口づけを交わしていた男の口が、今度は乳首に吸いついてくる。

「あああっ！」

たまらず甲高い声を放ち、ぎゅっと眼をつぶった。源治は鼻息を荒らげて、左右の乳首を片方ずつ丁寧にねぶりまわしてきた。乳首がジンジンと熱くなり、それと連動して下腹の奥も疼きだす。

触ってほしい、と思った。もちろん、両脚の間にある性感帯をだ。そんなことを思ったのは生まれて初めてだったので、瑠依は自分で自分に驚いてしまった。

ミナミでいちばんの武闘派やくざでも、源治は女のそういう願望を見逃すような野暮天《やぼてん》ではなかった。

「気持ちよさそやないか……」

源治はいままで聞いたことのないような甘い声でささやくと、節くれ立った男らしい手指を股間に這わせてきた。パンティがぴっちりと食いこんでいる部分を、すりっ、すりっ、と

やさしく撫でられ、

「あっ、あぁうううーっ！」

瑠依は叫ぶような声をあげてしまった。自分の声の大きさにびっくりして、両手で口を押さえなくてはならなかった。

「大丈夫や。このマンション、目の前を電車が走っとるから、防音が完璧やねん」

源治は悪戯《いたずら》っぽくニッと笑いかけてきた。そう言われたところで、瑠依はすぐには口から手を離せなかった。

源治はこんもりと盛りあがった恥丘の形状を確認するように、指を動かしてきた。瑠依が触ってほしいのはもう少し下のほうだったが、源治に股間をまさぐられていることに興奮し、息ができなくなってしまった。

2

クンニリングスが苦手だと瑠依が思っているのは、源治に抱かれるとき、手指で刺激されるほうが気持ちいいからだ。いや、気持ちがいいというより、顔と顔が近くにあったほうが安心するし、キスだって簡単にできる。

だが、最初のベッドインからそんな自分の性癖をわかっていたわけではない。いままで体を重ねたことがある三人の男がクンニをしたがっても断固として応じなかったが、源治にパンティを脱がされ、両脚の間に陣取られると、抵抗できなかった。

「まだシャワー浴びてへんし……」

か細く震える声でいちおう言ってみたものの、不安より期待のほうが大きかった気がする。いままで拒み通してきた口腔愛撫ではあるけれど、相手は頭を撫でてもらっただけで感極まりそうになった男なのである。彼にだったら恥ずかしさを忘れてしまうくらい気持ちよくしてもらえるのではないか、と思わないほうがおかしかった。

「むううっ……」

源治の顔が股間に迫ってきた。びっしりと生い茂った黒い草むらが鼻息で揺らされるのを感じながら、瑠依は祈るような気分だった。

「あっ……んんんっ！」

生温かい舌が、花びらに触れた。続いて、ツツーッ、ツツーッ、と合わせ目を舌先でなぞられる。

「んんんっ……んんんんんーっ！」

瑠依はたまらず身をよじった。陰部を舐められたのは初めてだったし、舌の感触が想像以上にいやらしかったので、びっくりしてしまった。

「むううっ……むううっ……」

源治は花びらを口に含んでしゃぶってきた。さらにじゅるじゅると蜜を啜られ、浅瀬にヌプヌプと舌先を入れられると、瑠依はおののいた。

快感そのものも衝撃的だったが、なんだか源治に女の花を食べられてしまいそうな気分だったからだ。

だがすぐに、この人にになら食べられてもいい、と思い直した。女友達に紹介してもらった京大生なんて足元にも及ばないくらい、源治には男としての色気があった。やくざなのだから凄みや迫力があるのは当たり前かもしれないが、生命力の輝きがまるで違ったし、人を惹きつけるオーラが尋常ではなかった。

そんな男に組みしかれ、食べられてしまうのなら、女子の本懐のような気がした。それまでやくざと付き合うことなど考えたことがなかったのに、この男と出会うために自分は生まれてきたのかもしれないとさえ思った。

「なあ……」

瑠依はハアハアと息をはずませながら、源治を見た。

「うちにも舐めさせてぇや」

クンニと同様、瑠依はフェラチオも苦手としていた。だがこのときは、自分も源治の男根を舐め、気持ちよくしてあげたいという思いが、自然とこみあげてきた。

「ええんか？」

源治は上体を起こしつつ、不思議そうにこちらを見てきた。

「口でするようなタイプには見えへんけどな」

「ええも悪いもないやろ。されてばかりなんは恥ずかしい」

強気な言葉とは裏腹に、瑠依の心臓は激しく早鐘を打っていた。源治を気持ちよくしてあげたい思いに嘘はないが、そうさせる自信はまるでなかったからだ。

「ほな、頼むわ」

源治にしては珍しく気恥ずかしそうな表情を見せつつ、ブリーフを脱いだ。ポジションを入れ替えて、今度は彼があお向けになる。

大丈夫やろか……。

瑠依は源治の両脚の間に陣取り、目の前でそそり勃っている大蛇のような男根と対峙した。その威容に圧倒され、よけいなことを言うんじゃなかったと少し後悔しなければならなかった。サイズも長大なら、カリのくびれもえげつなく、おまけに肉竿が黒光りしている。性器というより、肉の凶器と呼んだほうがよさそうだ。

気づかれないように何度か深呼吸をしてから長い黒髪を掻きあげ、そうっと顔を近づけていった。

隆々と反り返っている肉の棒に手指を添えると、表面が湿っていた。カチンカチンに硬くなっており、ズキズキと熱い脈動まで刻んでいた。

女にとって、男の性的興奮は恐ろしいものだ。夜の世界で生きていればなおさらで、客は大なり小なり下心をもって店にやってくる。それを闘牛士のようにひらり、ひらりとかわすのがプロのホステスだが、恐ろしいものは恐ろしい。

だが、このときばかりは恐ろしいことはひとつもなく、源治が他ならぬ自分に対して興奮してくれていることが、ただひたすらに嬉しかった。

「ぅんあっ……」

やり方もよくわからないまま、舌を差しだして舐めた。ペロリ、ペロリ、と亀頭を舐めて唾液をまぶしつつ、根元をすりすりとしごきたてる。やり方を教わらなくても、女の本能でそこまではできた。

この先は口に咥えるのだということもわかっていた。しかし、どう見ても口に入るとは思えない長大なサイズなので、金縛りに遭ったように動けなくなってしまった。本当にこんなに大きなものをみんな咥えているのか、あるいは源治のものだけが特別に大きいのか、頭の中が疑問符だらけになっていく。

「無理せんでええで」

源治が頭を撫でてくれた。

「慣れとらんのやろ？　慣れんことはせんでええ」

その言葉が、瑠依の闘志に火をつけた。たしかに慣れていなかったし、それどころかやったことさえなかったが、だからといって尻尾を巻いて逃げるわけにはいかない。源治のものが咥えられなければ、おそらく一生フェラチオはできない。そんなふうに未来を閉ざしてしまうには、瑠依はまだ若すぎた。

「ぅんあああっ……」

限界まで口を大きく開き、先端を咥えた。亀頭くらいしか口に入らなかったが、それでも苦しくて涙が出てきそうになる。

「おおおっ、ごっつええ……」

源治が唸るように言った。

「べっぴんさんは得やな。ただ咥えられとるだけで、こんなにも気持ちええ……」

瑠依の闘志に、また火がついた。容姿を褒められることに、瑠依は慣れていた。子供のころから美少女であり、中高生時代には数えきれないほど告白された。大阪に出てきてからも、自分より美人だと思う女になんて会ったことがない。

だからこそ、生まれついての美貌より、自分の力で勝ちとったものにしか興味がなかった。ホステスの仕事だって、ただ綺麗なだけでナンバーワンになったのではない。接客術にしろ洋服の着こなしにしろ、先輩ホステスから盗み、さらに自分なりの工夫を加えて、誰よりもまぶしく輝く夜の蝶になることを目指してきた。

負けるわけにはいかなかった。長大な男根を口に咥えた瑠依は苦悶の涙を流しつつ、必死に唇をスライドさせた。べっぴんだからではなく、性技で気持ちがいいと言わせたかった。無理は承知だけれど、源治は男の中の男である。相手にとって不足はない。

「おおおっ……ぬおおおおっ……」

やがて源治は、野太い声をもらしながら身をよじりはじめた。源治が感じてくれていると思うと、嬉しくてしようがなかった。もちろん、経験豊富な同世代と比べれば、稚拙であることはわかっている。それでも嬉しい。嬉しくて嬉しくてしようがない。

「なんや……」

源治が男根を瑠依の口から引き抜いた。

「泣くほど苦しいんやったら、無理せんでええのに……」

「これは嬉し涙っ！」

瑠依は挑むような眼つきで源治を見た。

「苦しくて泣いてるんとちゃうの。嬉しくて涙がとまらんだけ」

「なんで嬉しいんや？」

源治がとぼけた調子で訊ねてきたので、瑠依はプイと顔をそむけた。

「まあ、ええわ……こっち来《き》い……」

源治に腕を取られ、またがるようにうながされた。一瞬、彼がなにをしようとしているのかわからなかったが、これは女性上位——騎乗位の体勢である。

「うっ、うちが上？」

焦った声で訊ねると、

「そや」

源治は鷹揚にうなずいた。

「まずはミナミの宝石の艶姿《あですがた》を、じっくり拝んだる」

「意外にスケベやん……」

瑠依は皮肉のつもりで言ったのだが、

「スケベなことしとるんやから、ええやないか」

源治はさも嬉しそうに瑠依の細い腰をつかむと、下半身をもちあげて結合の体勢を整えようとした。とはいえ、騎乗位もまた、瑠依にとっては初体験――もじもじしていると源治が自分で男根をつかみ、切っ先を濡れた花園にあてがってくれた。

「そのまんま腰落としてくれればえぇ」

「ううう っ……」

瑠依は羞恥と不安に唇を嚙みしめた。濡れた花園にぴったりと密着している男根の感触に、激しく緊張させられる。

「うっ、うち……こんなんしたことないから、でけへんかも」

「大丈夫や。まかせとき」

源治に腰をさすられ、しかたなく結合部に体重をかけた。

3

セックスにおいて、男は抱く側、女は抱かれる側――そういう強い思いこみがあった瑠依にとって、騎乗位は完全に想定外だった。

もちろん、そういう体位があることくらいは知っていたが、まるで興味をそそられなかったし、源治はいままで出会った中でいちばんと言っていい男らしい男だった。てっきり彼が上になって、リードしてくれると思っていたのに……。

「くぅううーっ！　くぅうううーっ！」

顔が燃えるように熱くなっていくのを感じながら、瑠依は腰を落としていった。大蛇のような威容を誇る男根が、ずぶずぶと体の中に入ってきた。

最後まで腰を落としきり、結合を完了させただけで、瑠依の呼吸はハアハアと乱れきっていた。左右の眼はしっかりとつぶっていた。すべてが終わるまでずっとそうしていようと、胸に誓った。

口に咥えたときにも思ったことだが、源治の男根はやはり、並外れて長大だった。自分が動かなければならないとわかっていても、にわかには動きだせなかった。そもそもどうやって動けばいいのかも、よくわからない。

「あわてんでええ」

源治は両手でがっちりと、瑠依の細い腰をつかんでいた。

「きちーっとサポートしたるから、リラックスや、リラックス……」

そう言われても、全裸で男にまたがっている現実が恥ずかしすぎて、リラックスなんてできそうにない。

一方の源治は、瑠依の腰から太腿にかけて、やさしく手のひらを這わせてきた。女の体を撫でるのが好きなようだった。瑠依にしても、源治に撫でられていると柔らかいセーム革で磨かれている宝石になったような心地がするのだが、現実からは逃れられない。

「ええ眺めや……」

噛みしめるような口調で、源治が言った。

「ひと眼見たときから、あんたとこうしたくてたまらんかった。わしのこと、女好きのスケベや思うか？　軽蔑するか？」

瑠依は長い黒髪を跳ねさせて、激しく首を横に振った。他の男になら冗談で言われても軽蔑しただろうが、相手が源治となると軽蔑なんてできない。

「動かすで……そうすれば、もっとええ眺めになる……」

源治は瑠依の細い腰をつかみ直すと、ゆっくりと前後に揺さぶりはじめた。

「あんたは女神やからなぁ。女神は下から見上げるもんや」

「あああっ……あああああっ……」

瑠依には戸惑うことしかできなかった。全裸で男の上にまたがっていることは涙が出そうなほど恥ずかしかったが、思った以上に快感が強かったからだ。

源治は騎乗位で女をリードするのがうまかった。ぐいっ、ぐいっ、と瑠依の腰を引き寄せつつ、自分も下から動いて角度に微調整を加えてくる。瑠依の感じるところを探しているようで、見つけだせばもちろん、そこを集中的に刺激してくる。

「いっ、いやゃっ……いややあああっ……」

実際には嫌でもなんでもなかったが、瑠依はうわごとのように言いつづけた。先ほどまでは羞恥と不安でどうにかなりそうだったが、いまは快楽に呑みこまれそうだった。ぐいっ、ぐいっ、ぐいっ、と腰を引き寄せてくる源治のリズムは、力強くもやさしくて、あっという間に快楽の虜になってしまう。

「わしら、相性ええのかもなあ……」

源治が言った。心なしか声が上ずっていた。

「こんな気持ちええオメコ、初めてや……体の相性がええ男と女は、心の相性も、運命の相性もええらしいで……」

「ううぅっ……」

瑠依は恐るおそる薄眼を開けた。最後まで眼を閉じていようと胸に誓ったのに、源治の顔が見たくてたまらなくなってしまった。

視線が合うと、ビクッとした。源治の眼は爛々《らんらん》と輝き、見た瞬間に射すくめられた。チンピラならあわてて逃げだすような眼光の鋭さだったが、瑠依には本能で理解できた。

源治の眼つきが恐ろしいのは、彼が欲情しているからだった。そして欲情している相手は、他ならぬ自分——女に生まれてきて、これほどの幸福があるだろうか？

源治は先ほど、瑠依をひと眼見たときからこうしたかったと言ってくれた。瑠依にしても、おそらく最初からなにかを感じていた。奥手な自分には、それが恋だとはっきりはわからなかったけれど、そうでないならこんな展開は考えられない。源治がやくざであろうがなんであろうが、恋をしてしまえば関係ない。それが女という生き物だろう。

「むううっ……」

源治が唐突に上体を起こした。体位が騎乗位から対面座位に変わると、瑠依は反射的に源治の首根っこにしがみついた。上半身が密着すると、ダムが決壊するように胸に秘めた思いがあふれ出た。

「好きっ！」

燃えあがる顔を肩に押しつけ、叫ぶように言った。

「源治さんが好きっ！」

源治は言葉を返してくれなかった。そのかわり、瑠依の体をあお向けに倒した。今度は正常位である。

「はっ、はぁあああああーっ！」

上になった源治が怒濤の連打を送りこんでくると、瑠依は彼の腕の中でしたたかにのけぞった。

いままでセックスを気持ちいいと思ったことなんて一度もないが、身も心も蕩《とろ》けそうだった。いや、全身が紅蓮《ぐれん》の炎のように燃え盛っていた。燃えているのは自分ひとりではなかった。性器と性器を繋げていれば、言葉を交わさずとも男が燃えていることがはっきりと伝わってきた。

「どうや？」

ぐいぐいと男根を抜き差ししながら、源治が訊ねてきた。

「ええか？　気持ちええか？」

「いいっ！　気持ちいいっ！」

瑠依は源治の首根っこにしがみついたまま、いやらしいほど身をよじった。源治が抜き差しするほどに、ずちゅっ、ぐちゅっ、と恥ずかしい肉ずれ音がたったが、かまっていられなかった。

これがセックスなら、いままでしてきたのは似て非なるもの——そう断言してもいいほどの恍惚に包まれていた。お互いの素肌と素肌がふたりの汗でヌルヌルと滑り、下半身に至っては瑠依の漏らした蜜でぐしょぐしょだった。

「なあっ……なあっ……」

瑠依は源治の肩から顔を離して彼を見た。

「おかしくなりそうっ！　うち、おかしくなりそうっ！」

「なったらええ」

源治がうなずく。

「しっかりつかまえとるから、おかしくなれ」

「あぁあああああーっ！」

瑠依は源治の腕の中でのたうちまわった。胸にあふれるこの思いを、もっとはっきり伝えたかった。しかし、迫りくる絶頂の予感がそれを許してくれない。経験したことがない肉の悦びに囚われ、よけいなことはなにも考えられない。

「もっ、もうダメっ！　なあ、うちもうイキそうやっ……イッ、イクッ！　イクイクイクイクイクーッ！　はぁああああああーっ！」

ビクンッ、ビクンッ、と腰を跳ねさせて、瑠依はオルガスムスに駆けあがっていった。性器を結合させた状態で絶頂に達したのは、生まれて初めてだった。自分で自分を慰めたことがないとは言わないけれど、まるで次元の違う快感が体の芯を痺れさせ、頭の中を真っ白にしていく。

幸せだった。

絶頂のピークを過ぎると、信じられないほど深く濃い多幸感が訪れ、熱い涙がとまらなくなった。

「まったく、よぉ泣く女やな」

源治が腰の動きをとめて苦笑した。

そやから嬉し涙や言うとるやろっ……。

瑠依は言い返したかったが、オルガスムスの衝撃に息も絶えだえで、憎まれ口ひとつ叩けなかった。

4

あえぎ声で眼が覚めた。

せっかく幸福感に満ちみちた夢を見ていたのに、眼を覚ますとそこは救いのない世界だった。

ラブホテルの部屋に鎮座している巨大な円形ベッド——その上で、蛭田と香子がまぐわっていた。

香子が四つん這いになって後ろから突きあげられるバックスタイルだった。あんあんと可愛い声をあげてよがっていたが、二十五歳という年齢のわりに幼い彼女は、まだ成熟した女の体になっていなかった。乳房はふくらみきっていないし、ヒップに丸みも量感も足りない。ウエストもただ薄いだけでくびれがなく、少女体型としか言い様がない。

そんな彼女が百戦錬磨の色事師に突きあげられている光景は痛々しくさえあり、瑠依は見てはならないものを見てしまった気がした。

と同時に、やっぱり、と胸底で深い溜息をつかざるを得なかった。香子の異常な豹変の理由がこれではっきりした。男次第で女は変わる。蛭田のせいで、真っ白い木綿のハンカチーフのようだった香子の心身は、ドス黒く塗り潰されてしまったらしい。

とはいえ、悲嘆してばかりいることはできなかった。瑠依はまだ、ソファの上で拘束されていた。両手は背中で縛りあげられ、両脚はM字に固定されている。剃毛された股間を隠すものはなにもなく、正面の鏡に無残な姿が映っていた。幸いというべきか、肥後ズイキは肉穴から抜かれていたが、痒みは残っていた。山芋を塗りたくられたままシャワーも浴びていないので、痒くて当然だった。

「くぅうっ……」

意識が覚醒していくにつれ痒みはみるみる生々しくなり、瑠依は唇を嚙みしめなければならなかった。淫らな拷問はまだ続いているのだ。もしかすると、瑠依に見せつけるようなセックスをしているのも、一種の拷問なのかもしれない。

「ああっ、いいっ！　突いてえっ！　もっと突いてええぇーっ！」

幼げな顔をしているくせに、眼の下を紅潮させてあえぐ香子はエロティックで、掻痒感に苛まれている瑠依の性感を刺激した。

香子の可愛らしくもいやらしいあえぎ声が、性の中枢神経にダイレクトに響いてきて、股間をジンジンと疼かせる。パンパンッ、パンパンッ、と小さな尻を突きあげる音が、オルガスムスの記憶を呼び覚ます。

ほんのちょっと前に、嫌というほどイカされたばかりなのに……。

それも、卑劣な色事師によって与えられた屈辱的な絶頂なのに……。

「おうおう、出すぞっ！　出すぞっ！」

全裸になっても真っ黒いサングラスをかけている蛭田が、それでもはっきりとわかるほど顔を紅潮させて、フィニッシュの連打を開始した。パンパンッ、パンパンッ、という打擲《ちょうちゃく》音が限界まで高まり、香子もひいひいと喉を絞ってよがり泣く。

「おおうっ！」

蛭田は最後の一打を打ちこむと、男根を抜いて自分でしごきたてた。先端から白濁した粘液が噴射し、蛭田は身をよじりながらしつこくしごく。驚くほど大量の精液で、香子の小さなヒップを穢していく。

「……ふうっ」

最後の一滴まで出しきった蛭田は天井を向いて大の字に倒れ、四つん這いだった香子はうつ伏せで倒れた。原色のライトがチカチカと点滅している部屋に、事後の荒ぶる呼吸音だけが交錯し、空気を淫靡《いんび》なものにする。

やがて蛭田はのそっと起きあがると、気怠げな足取りで瑠依に近づいてきた。

「ようやっとお目覚めですか？」

瑠依はハッとして言葉を返せなかった。あれだけ大量に射精したにもかかわらず、蛭田のイチモツが勃起していたからだ。それも、臍《へそ》を叩く勢いで隆々と反り返り、裏側をすべてこちらに見せていた。

その精力絶倫さにも驚かされたが、サイズもまた衝撃的だった。太くはなかった。太さで言えば、源治のほうがずっと上だ。しかし、呆れるほど長い。瑠依にしても、男根評論ができるほど場数を踏んでいるわけではないけれど、この形状は異常な気がする。

「なんですか、物欲しげな顔して」

蛭田が下卑た笑いを浮かべて言う。

「オマンコは有馬さんに禁じられてますけど、しゃぶりたかったらしゃぶってもいいですよ。

香子ちゃんの味がするでしょうけど」

「だっ、誰がっ！」

瑠依は怒りの形相で顔をそむけた。蛭田は笑っている。高笑いをあげて体を揺すると、細長い男根もぶうんと揺れた。

「ククク。まあ、いいでしょう。姐さん、失神しちゃったから、シャワーも浴びてませんでしたね。オマンコが痒くてしょうがないんじゃないですか？」

「ううう……」

「そんな怖い顔して睨まないでくださいよ。ボクだって鬼じゃない。シャワーを浴びていいですよ、って言おうとしてたのに」

「……ほんま？」

瑠依は猜疑《さいぎ》心いっぱいに眉をひそめた。

「ええ。抵抗しないって約束するなら、ロープをほどいてもいいですよ。ま、両手のほうは無理ですが」

「……約束する」

瑠依の発した声は、蚊の鳴くような小ささだった。

「は？　なんて？」

蛭田が耳に手をあてておどける。

「抵抗せえへんて言うてるの！」

「ククク。じゃあ、脚のロープはほどきましょう」

蛭田はひどく楽しげにロープをほどきはじめた。長時間同じ体勢でいたせいだろう、立ちあがろうとした瑠依はよろめき、また蛭田に笑われた。

「支えましょうか」

「いらんわ」

瑠依の足元が覚束《おぼつか》ないのは、両手を背中で縛られているせいもあった。普段とは違うので、バランスをとりづらいのだ。

「シャワー浴びるなら、下着は邪魔ですね」

蛭田はこちらをしげしげと眺めて言った。瑠依はまだ、ブラジャーとガーターベルト、セパレート式のストッキングを着けたままだ。

「脱がせますよ？」

瑠依は顔をそむけて答えなかった。どうせ脱がされると思ったし、パンティはすでに奪われている。ブラジャーだってカップをめくられて乳首が見えているのだ。

蛭田はガーターベルトをはずすと、足元にしゃがみこんでセパレート式のストッキングを片脚ずつ丁寧に脱がせてきた。問題はブラジャーだった。背中のホックをはずしても、両手を背中で縛られたままでは脱ぐことができない。蛭田は断りもなくあっさりと、肩のストラップをハサミで切ってブラジャーを取った。

瑠依は急に心細くなった。

いままでの格好も裸でいるより恥ずかしいと感じていたが、やはり丸裸にされると囚われの身のみじめさが倍増する。

しかも、蛭田まで全裸で勃起をさらしていることに緊張した。有馬によって挿入は禁じられているようだが、逆に考えれば挿入以外はなにをしてもいいのかもしれない。だいたい、両手を背中で縛られているということは、自分で自分の体を洗えないのだ。卑劣な色事師に洗ってもらわなければ、股間の掻痒感から逃れられない……。

「じゃあ、バスルームに」

蛭田と瑠依はソファと鏡の間の狭い空間を抜けだした。しかし、バスルームには入れなかった。蛭田が不意に立ちどまり、腕組みをしてなにやら思案しはじめたからである。

「なにしとるん？」

瑠依は苛立った声で訊ねた。

「痒ぅてしようがないの。はよシャワー浴びさして」

「そうですよねぇ……わかりますよ……オマンコが痒くてしょうがないんですよねぇ……」

蛭田は意味ありげにささやいた。

「シャワーの前にすっきりしましょうか」

「はあ？　なに言うてんの」

瑠依は足踏みをしながら蛭田を睨みつけた。足踏みでもしないと我慢できないくらい、股間が痒くてしょうがないのだ。

それを尻目に、蛭田はなにかを持ってきた。先ほど使った肥後ズイキだった。

「もうええやん、それ……」

強気な言葉遣いとは裏腹に、瑠依の顔からは血の気が引いていった。もちろん、先ほどの責めを思いだしたからだった。あんな思いをするのは二度とごめん——そう思っていても、股間が熱く疼きだしてしまう。肥後ズイキに与えられたのは痒さだけではなく、失神するほどの連続絶頂なのだ。

「江戸時代の人間はほんとにスケベですね。これにはこんな使い方もあるんです」

蛭田は言いながら、肥後ズイキをほどきだした。元がハスイモの茎を乾燥させて束ねたものなので、ほどくと長い紐状になる。

「おーい、香子ちゃん。ちょっとこっちに来て」

蛭田に声をかけられ、ベッドに横たわっていた香子がむくりと起きあがった。全裸の体にバスタオルを巻いて、こちらに近づいてくる。

「なに？　せっかくええ気分でまどろんでたのに……」

「ちょっとそっちの端っこ持ってください」

蛭田は紐状に伸びたハスイモの茎の反対側を、香子に持たせた。その前に、茎を瑠依の両脚の間に通して……。

「なっ、なにするん？」

瑠依は表情をこわばらせた。身をよじって逃れようともしたが、蛭田がハスイモの茎を引っ張りあげるほうが早かった。

「あううっ！」

痒みに疼いている股間にぎゅうっと食いこまされ、瑠依は悲鳴をあげた。

「ククッ。どうです？　ちょっとは痒いの、まぎれるでしょ？」

蛭田は瑠依の正面にいて、香子は後ろにいた。蛭田の狙いを香子もすぐに理解したようで、ふたりでハスイモの茎を動かしてくる。股間をこすりたてるようにして……。

「あううっ！　やめっ！　やめてやっ！」

取り乱したところで、両手を背中で縛られている瑠依にできることはなかった。しゃがもうとすればよけいに食いこんでくるし、背伸びをすれば蛭田と香子がハスイモの茎をぐいぐいと上にあげてくる。

しかも、痒い股間をこすられるのは、屈辱的であると同時に得も言われぬ快感があった。痒いところを掻くのは、基本的に気持ちがいいものだ。

ずりっ、ずりっ、とハスイモの茎が動くほどに、頭がぼうっとしていく。時折クリトリスに茎があたると、叫び声をあげたくなるほどの喜悦が訪れる。

とはいえ、それは痒みを発生させる元凶でもあった。股間をこすられるのはたしかに気持ちいいのだが、痒みも倍増していく。ようやくシャワーで流せると思っていたのに、待っていたのは地獄のスパイラルだった。

「瑠依さん、みっともないー。この情けない姿、お兄ちゃんに見せてやりたいわ」

キャハハハ、キャハハハ、と香子が笑い、

「自分でもよく見てみなさい。ミナミの宝石も極道の姐さんも形無しですよ」

蛭田が残酷な現実を突きつけてくる。その部屋は壁という壁が鏡張りだから、どこにいても自分の姿が映っているのだ。

「やっ、やめっ……もうやめてくださいっ……」

瑠依が涙声で哀願しても、蛭田には通用しなかった。

「香子ちゃん。この紐、ちょっとさげてみなさい」

眼顔で合図を送り、ハスイモの茎を少しだけ下にさげた。股間から五センチほど離されると、瑠依は眼を見開き唇を震わせなければならなかった。屈辱から解放された安堵より何十倍も強く、もどかしさが訪れたからだった。股間に刺激が欲しくて欲しくて、いても立ってもいられなくなった。

「くぅうっ……くぅううう－っ！」

身をよじっても足踏みしても、もどかしさをやり過ごすことはできなかった。とはいえ、もどかしさを解消する手段は残されている。卑劣な色事師はとことん底意地が悪かった。両脚をロープで縛られていたとき、瑠依には為す術がなかった。しかしいまは、腰を落とせば股間にハスイモの茎をあてることができるのだ。

「いっ、いやあああっ……いやああああああ－っ！」

悲鳴をあげつつも、体は勝手に腰を落としていった。ハスイモの茎が股間にあたると、気が遠くなりそうなほどの快感が訪れた。次の瞬間、今度は腰が勝手に動きだした。騎乗位で動くときのように、クイッ、クイッ、と股間を前後にしゃくってしまう。

「あぁあああああ－っ！　はぁあああああ－っ！」

あまりの恥辱に泣き叫び、大粒の涙をボロボロとこぼしながらも、腰の動きはとめられなかった。壁に張られた鏡には、ガニ股になった女がみずから股間をハスイモの茎にこすりつけている姿が映っていた。

「いややわぁ、瑠依さん。これってオナニーやない？　人前でオナニーするなんて、とんでもない恥知らずやん」

香子の言葉が鋭く胸をえぐってくる。

それでも瑠依は、腰を振ることをやめられなかった。どれだけ蔑まれても、笑い者にされようとも、いまやめるわけにはいかなかった。やめるという選択肢自体、まるで頭に浮かんでこなかった。

絶頂に達しそうだったからだ。

「姐さん、そろそろイキそうですね？」

蛭田が笑いを嚙み殺しながら言ってくる。

「我慢してや、瑠依さん。人前でオナニーして、そのうえイッてまうなんて、義妹《いもうと》のうちが赤面するわ」

「あぁああああーっ！　はぁあああああーっ！」

瑠依はちぎれんばかりに首を振った。長い黒髪をざんばらに振り乱しながら、卑猥なダンスを踊りつづける。

「それとも姐さん。極道の妻のプライドを守るためにイキたくないなら、相談に乗ってもいいですよ」

蛭田がハスイモの茎を股間から大きく離したので、

「やめんといてっ！」

瑠依は反射的に叫んだ。いま再び刺激をとりあげられたら、もどかしさで正気を失うだろうと思った。

「ほーう、だったらこう言っておねだりしなさい」

蛭田が何事か耳打ちしてきた。耳が腐りそうな言葉ばかりをささやかれ、

「ゆっ、許してっ……」

瑠依は泣きそうな顔で蛭田を見た。

「いくらなんでも、それは殺生やっ……殺生やでっ……」

自分でも情けなくなるほどの哀願も、卑劣な色事師には通用しなかった。

「いいですよ、こっちはべつに。いつまでも我慢してたらいい」

「くぅうううううーっ！」

瑠依は紅潮しきった顔をくしゃくしゃにした。額にじわりと脂汗が浮かび、動いていないのにどこまでも呼吸が荒くなっていく。もどかしさは一秒ごとに強烈になっていくから、刺

激を求める欲望だけに人格が支配されていくようだった。

一分と経たずに、瑠依は陥落した。気がつけば、耳が腐りそうな言葉が、口からあふれ出していた。

「ひっ、蛭田さん、香子ちゃん……るっ、瑠依の恥ずかしいオナニーを見たって……自分でイクところを見たって……。瑠依は恥ずかしい女やねん……極道の妻やのに、人前でオナニーしてイキまくる、発情したメス犬やねん……」

言いながら、胸の奥からすーっと魂が抜けていくのを感じた。目の前の絶頂欲しさにプライドを捨てるのは、たしかに発情したメス犬と同じだと思った。人間であれば、凌辱者に対してそんな言葉は吐けない。

「ククク、よく言えました。ご褒美です」

蛭田がハスイモの茎をぎゅうっと股間に食いこませ、香子も阿吽《あうん》の呼吸でそれに応じた。ふたりがかりで茎を股間に食いこまされているのに、それでも瑠依は腰を動かすのをやめられなかった。

「はっ、はぁうううーっ！　イッ、イクッ……イッてまうっ……香子ちゃん、見んといてっ……こっち見んといてっ……あああっ、いやあああああっ……イクイクイクイクッ……はぁおおおおおおおーっ！」

獣じみた声をあげて、瑠依は絶頂に達した。立ったままいやらしいほど身をよじり、雷に打たれたように全身をビクビクと痙攣させながら、恥辱にまみれたエクスタシーを嚙みしめた。

5

バスルームに移動した。

といっても、立ったまま強烈なエクスタシーに達した瑠依は歩くこともままならず、蛭田に引きずられるようにして連れていかれた。まるで警官に連行される犯人のようだったが、瑠依はハアハアと息をはずませるばかりで、文句を言うこともできなかった。

極道の妻としてのプライドは、完全に崩れ落ちていた。あり得ないほどみじめなおねだりの言葉を口にし、みずから腰を振りたてて絶頂したことに対する、自己嫌悪や罪悪感もひどかった。

これでもう完全に、あん人に合わせる顔がのうなった……。

脳裏に浮かんだ源治の顔が薄らいでいくのを感じると、なにもかもどうでもよくなっていった。まさに生きる屍《しかばね》、抜け殻の状態であり、自暴自棄になるなというほうが無理な相談だった。

それでも羞恥心だけはまだかろうじて残っていて、蛭田や香子の眼をまともに見ることができない。極道は逮捕されても堂々としているものだが、パトカーの後部座席で頭から服を被っているチンケな犯罪者のように、ふたりの視線に怯えている。

バスルームは異常に広かった。建物自体はかなり古いらしく、床や浴槽がタイル張りだったが、全体で十畳くらいはありそうである。浴槽も大人が三人くらい入ることができそうなサイズだったけれど、お湯は張られていなかった。先ほど蛭田と香子は、シャワーを浴びただけらしい。

「さて、約束通りオマンコ洗いましょう」

蛭田は、息絶えだえでしゃがみこんでしまった瑠依の後ろにまわりこんでくると、すかさず両脚をひろげてきた。大人が幼女に小水をうながすような格好である。

「なっ、なにするん……」

瑠依が力なく抗議すると、

「香子ちゃん、あなたが洗いなさい」

蛭田は瑠依にではなく、香子に向かって言った。

香子は一瞬ポカンとしたが、

「オッケー」

すぐにニンマリと笑ってシャワーヘッドを手にした。

「痒いの全部のうなるよう、うちが念入りに洗ったる」

「うっ、嘘や……」

瑠依は泣きそうな顔になった。

「そっ、それは堪忍して……あんまりやわ……」

もちろん、蛭田に洗ってほしかったわけではない。卑劣な色事師に陰部をいじられるのは虫酸《むしず》が走るけれど、かといって同じ女であり、義理とはいえ妹である香子に洗わせるのはひどすぎる仕打ちである。

しかし、蛭田は、

「嘘じゃないですよ。考えてみなさい、同じ女のほうが、痒いとこにも手が届くでしょ」

前言を翻すつもりはいっさいないようだったし、

「うわあ、これがミナミでいちばんのやりまんオメコかあ」

香子は香子で瑠依の前にしゃがみこむなり、わざとらしいほどまじまじと股間をのぞきこんできた。

「びらびらが大きすぎん？　これ。瑠依さん、このオメコで、いったい何本のチンポを咥えこんだんや？　百本？　二百本？」

「ううう っ……」

瑠依は顔をそむけて唇を嚙みしめることしかできなかった。自分は枕ホステスだったわけではないと反論してみようにも、香子は蛭田に吹きこまれた嘘を完全に信じているようだから、なにもかも虚しくなってくる。

香子がシャワーからお湯を出し、瑠依の股間にかけてきた。これでようやく搔痒感から解放されるという安堵と、目の前にいるのが義理の妹であるという羞恥が交錯し、瑠依の胸は激しく揺さぶられた。

「どうですか？　お湯加減は」

蛭田が言い、ククッと喉を鳴らして笑う。

「香子ちゃん、シャボンつけて」

「はいはい」

香子は薄笑いを浮かべながらボディソープを手に取ると、それを瑠依の陰部に塗りたくってきた。

「くぅううっ……」

荒淫にさらされていた女の花に、シャボンが染みた。とはいえ、耐えられないほどではなかったし、なにより一刻も早く山芋を洗い流してほしかった。

とはいえ、他人の手で女の秘所中の秘所を洗われる羞恥と屈辱は、筆舌に尽くしがたいものがあった。香子もそれがわかっていて、わざとらしいほど丁寧に洗ってくる。ねちっこく指を動かしては、花びらを引っ張ったり、指の間でこすりたてたり、いちいち瑠依の恥ずかしがる顔をチラ見しては、クスクスと嘲笑をもらす。

「どうです？　痒くなくなってきましたか？」

蛭田に訊ねられても、瑠依は答えられなかった。恥ずかしさのあまり言葉を失っていたわけでも、無言の抗議がしたかったからでもなく、もはや痒いのか痒くないのかよくわからなかったのである。

より正確に言えば、香子の指の動きが愛撫じみたいやらしさなので、搔痒感と快感が混じりあってしまったような感じだった。

香子はシャワーのお湯でシャボンを流しても、まだしつこく陰部をいじってきた。クリトリスの包皮を剝いたり被せたりしては、肉穴の入口を縦になぞってくる。山芋はすっかり洗い流されているはずなのに、股間が疼きだしてしまう。

「いやや、瑠依さん。今度はうちの指でイクんやない？」

言いつつも、香子の手つきはあきらかに瑠依を感じさせようとしていた。あろうことか肉穴に指まで入れて、ぐちゅぐちゅと掻き混ぜてくる。さすがに肉穴の中まではシャボンで洗っていないので、あっという間に火がついたように熱くなっていく。

「もっ、もう堪忍っ……許したって、香子ちゃん……」

瑠依が眼尻をさげて哀願すると、香子は鬼の首を取ったように破顔した。

「ああっ、気持ちええ。いつもお高くとまっとる瑠依さんを、いっぺんこうしていじめてみたかったんや。お兄ちゃんの威光で偉そうにできとるだけやのに、肩で風切って歩いて。そのうち泣かしたろって、うちずーっと思うてたんやで」

そこまで恨まれとったんか……。

瑠依は自分の人を見る眼のなさに絶望した。香子がブラザーコンプレックスであることには気づいていたのだから、もう少し配慮してあげればよかったのかもしれない。

源治との時間を大切にするあまり、彼女に寄り添ってやることができなかった。イチャイチャしているところを見せつけたつもりは毛頭ないけれど、女の幸せを満喫していたのは事実だった。

いまさら反省してみたところですべては後の祭りだが、香子は淋しかったのだ。両親を早くに亡くし、思春期を施設で過ごすことで、自分ひとりでは抱えきれないほど大きな孤独を抱えていた。

「ねえ、香子ちゃん。そんなに姐さんが憎らしいなら……」

背後から蛭田が言った。

「もっとえげつないやり方で、いじめてもいいですよ」

「……どういうこと？」

香子が首をかしげると、

「部屋にボクのバッグがあるから、その中から紙袋に入ったものを、持ってきてください。茶色い紙袋です」

「……ええけど」

蛭田は香子に命じた。

香子は釈然としない表情でバスルームから出ていったが、戻ってきたときには笑いをこらえきれない様子だった。

「あんたって、ほんまにおとろしい男やな。こんなもん持ちこんどったなんて、びっくりするわあ」

香子が茶色い紙袋の中から取りだしたのは、小さな青い箱だった。その中からさらに、薄ピンクの球体が出てくる。球体には鳥のくちばしのようなノズルがついている。

瑠依は青ざめた。羞恥と屈辱と掻痒感と性感帯への刺激で熱くなっていた顔から、すーっと血の気が引いていくのがはっきりわかった。

「イチジク浣腸です」

蛭田が得意げに言う前に、それがなにかがわかったからである。

「使うのはもう少し先になるかと思ってましたが、面白そうだからいまここで使ってみましょう」

「じょ、冗談はやめとき……」

瑠依は動揺しきって振り返り、蛭田を睨んだ。

「あんた、いったいどこまでうちを苦しめれば気がすむん？　もう耐えられへん。そこまでする言うなら、もういっそ殺してや」

「殺しませんよ」

蛭田は笑っている。

「姐さんを一方的に苦しめてるつもりもありません。思いだしてみなさい。えげつないことされてるように見えて、結局は姐さん、イキたいイキたいっておねだりしてきたじゃないですか。ハスイモの茎にまたがって自分から股間をこすりつけて、イキまくってたじゃないですか」

「ううう……」

瑠依は悔しげに唸り、蛭田を睨みつけることしかできない。

「イチジクも一緒です。泣いてもわめいても、最後は恍惚に白眼を剝いてイキまくる。ボクが姐さんの中にある快感の新しい扉を開いてあげます。極道の妻をやってるだけじゃ絶対に知らなかった天国を見せてあげます……ほら」

蛭田に声をかけられ、香子がうなずいた。

「まったく最高やな。これから瑠依さんが泣きながら粗相するとこ見られると思うと、うちのオメコまで濡れてきそうや」

「やっ、やめやっ……やめてえええええーっ！」

瑠依の悲鳴がバスルーム中に反響したが、香子はかまわずイチジク浣腸のノズルをアヌスに挿入してきた。触れられてはいけない禁断の排泄器官に異物を挿入され、瑠依の息はとまった。

「いくで……浣腸いくで……」

香子はさも楽しそうに言い放ち、さんざんに脅してから、薄ピンクの球体を握り潰した。

「いやあああああーっ！」

下腹に冷たい液体が逆流してくるのを感じ、瑠依は悲鳴をあげた。眼を見開いているのに、一瞬目の前が真っ暗になった。このラブホテルに囚われてから何度も絶望したけれど、今度こそ正真正銘の絶望をするしかなかった。

下腹に逆流してきた冷たい液体は、一分と経たないうちに熱くなり、暴れだした。まるでマグマのようにぐらぐらと煮えたぎり、瑠依の顔を脂汗にまみれさせた。

「くぅううーっ！　くぅうううーっ！」

脂汗に濡れ光る顔を歪めるだけ歪めても、後ろから両脚を抱えこまれた不自由な体をよじりによじっても、煮えたぎるマグマは噴射する運命にある。浣腸液を体の中に入れられてしまった以上、そこから逃れる術はない。

やがて、経験したことがないほどの強烈な便意が襲いかかってきて、瑠依は酸欠の金魚のように口をパクパクさせた。これから起こる惨劇を想像すると、パニックに陥りそうだった。

「こっ、殺してっ！　もう殺してえーっ！」

大きな声を出せたのも、それが最後だった。こみあげてくる便意が大声を出すことを許してくれず、思考回路をもズタズタに壊していく。

だからといって、無残な惨劇の憐れな犠牲者になることを、すんなりと受け入れることはできなかった。生きる屍になったとはいえ、さらしてはいけないものがある。

「トッ、トイレッ……」

ギリギリと奥歯を嚙みしめながら、消え入るような声で言った。

「ククッ、もう出そうなんですか？　まだ五分と経ってないじゃないですか。極道の妻のくせに、根性ないなあ」

蛭田と香子に笑われても、瑠依は必死の形相で声を絞りだした。

「トッ、トイレッ……トイレに行かせてっ……ください……」

「ほんとに我慢の限界なんですか？」

瑠依はうなずいた。もう声も出せない。

「じゃあ立ちなさい」

蛭田は瑠依の腕を取って立ちあがらせた。

もっとも、蛭田に腕をつかまれていなければ、瑠依はまともに立っていることさえできなかった。極端な内股になった両脚が、ガクガクと震えていた。

トイレまで歩いていける自信がなかった。すべての神経を肛門に集中させ、強く締めていないと、いまにもマグマが噴射しそうなのだ。

それでも歩いていかなければならない。人前で全裸のまま粗相をするようなことになれば、もはや人間ではなくなってしまう。

しかし、歩くための力をなんとか振り絞ろうとしている瑠依を嘲笑うように、蛭田が足元に洗面器を置いた。

「はい、これがトイレ。きっちりしゃがんでくださいよ。あちこち飛び散ったら、掃除するのが大変ですから」

またもや絶望のどん底に叩き落とされた瑠依は、あまりのショックに声をあげることもできなかった。

「瑠依さんのくっさいババの臭い嗅ぐの、いややー」

香子はケラケラ笑っている。

「けど、これを見逃したら一生後悔しそうやわ。万博なんかより、よっぽどおもろい見せ物やん」

「あああっ……あああっ……」

瑠依が追いこまれている境地は、地獄そのものだった。顔は燃えるように熱くなっているのに、背筋には冷たい汗が流れている。下腹の中で猛威を振るっている便意はぐるぐる、きゅるきゅるとおかしな音をたて、立っているのもつらいのに足踏みをするのをやめられない。

「この期《ご》に及んで、そんなに根性見せなくていいんですよ」

蛭田が乳首をコチョコチョとくすぐってきた。

「ちゃっちゃと赤っ恥さらしぃーな、瑠依さん」

香子まで逆の乳首をつまんでくる。

「やっ、やめてっ！　やめてえええええーっ！」

乳首への刺激が引き金となり、瑠依は我慢の限界に達した。マグマが噴射する前にガクッと膝が折れ、洗面器の上にしゃがみこむことができたのは、ある意味よかったかもしれない。しかし、それに続く無残な音と鼻をつまみたくなる異臭によって、女心は完膚なきまでに打ちのめされた。

「いっ、いやあああああーっ！　いやあああああああーっ！」

バスルームに響き渡る瑠依の悲鳴は、断末魔の悲鳴によく似ていた。命までは奪われていなくても、確実になにかが死んでしまった。絶頂をこらえきれず卑猥なおねだりを口にしたときは魂が抜けていった気がしたが、今度は魂が潰されたようなものだった。

6

「これはアナルセックスへの布石なんです」

「はあ？　浣腸が？」

「はい。ただまあアヌスの調教には手間がかかるんで、じっくりやらないと」

「うち、前から不思議に思うとったんやけど、お尻の穴って気持ちええの？」

「気持ちいいから、みんなやるんでしょう」

「そやけど……」

「まあわかりますよ。ボクも昔は不思議でした。男のアヌスが感じるのには理由があるんです。前立腺という器官があって、そこを刺激して開発するとたまらなくなる。でも、女には前立腺がない。だから要は禁忌を破る快感というか、してはいけないことに興奮してると思ってたんですが……」

「そうじゃないん？」

「はい、子宮だったんです」

「はあ？」

「実のところ、女がいちばん感じるのは子宮なんです。クリトリスやGスポットももちろん感じるんですが、きっちり調教してやれば、子宮で得られる快感がいちばん大きい」

「うちは子宮でなんかイッてへんで」

「香子ちゃんにはまだ早い。ようやくクリやGスポでイケるようになってきたとこですから」

「そのうち、うちも開発してくれるの？」

「もちろんです。だから、姐さんを開発するところをよく見ておきなさい」

「で、なんでお尻の穴なん？」

「アナルセックスで、子宮をうまいことチンポでつついてやれば、後ろの穴でもイキまくれるっていうメカニズムなんです」

「へえ……」

「まあ、そのためにはまず、前から子宮をつついて開発しないといけないですけどね。ちょいと面倒ですけど、子宮でイケるようになったら最高ですよ。一回のセックスで、十回でも二十回でもイケるようになりますから」

蛭田と香子のおぞましい会話が、遠くから聞こえていた。

ふたりはソファで談笑しており、瑠依はベッドに倒れてむせび泣いていたから、会話の内容はまともに頭に入ってこなかったが……。

粗相した体をきれいに洗われ、蛭田に抱えられてベッドに運ばれてきても、涙がとまらなかった。「ひっ、ひっ」と嗚咽《おえつ》をもらしながら、延々と泣きつづけていた。

三十五年間生きてきて、こんな屈辱は初めてだった。もちろん、それまでに蛭田にされたあれこれも充分に屈辱的だったけれど、今度ばかりは完全に打ちのめされた。源治に合わせる顔がないどころか、生きる気力を奪われてしまった。

うち、もう死んだほうがええんやろな……。

人間、誰だって死ぬのは怖い。命知らずと言われている武闘派やくざだって、本当は怖いはずだ。

しかし、いまの瑠依には死ぬことだけが救いだった。メンタルはそれなりに強いつもりだったから、まさか自分がそんな心境になるときが来るなんて夢にも思ったことがなかった。

「いつまで泣いてるんです？」

こちらにやってきた蛭田に声をかけられても、瑠依は顔さえあげられなかった。

「禍福はあざなえる縄のごとしって言葉、知ってますか？　いいことと悪いことは交互にやってくるって意味です。姐さんはさっき、人前でクソを垂れて赤っ恥をかいたわけです。これが悪いことなら、次にはいいことが待ってるって寸法です……ククク、また気持ちよくさせますよ……」

言いながら、蛭田は瑠依の両脚を再びM字に縛りあげた。瑠依はすでに抵抗する気力を失っていたし、反射的に身をよじろうとしても体が動かなかった。浣腸をされたせいで、体の内側がからっぽになってしまったようだった。

「歯ブラシ、あったけど……」

洗面所から出てきた香子が、蛭田にビニール袋に入った歯ブラシを渡した。

「歯ぁ磨くなら、洗面所行けばええやん」

「違います。これからこれで、姐さんの子宮を開発するんです」

「歯ブラシでぇ？」

「そう。これがいちばんなんです」

蛭田が手にしているのは、ホテルに備えつけの使い捨て歯ブラシだった。ビニールの包装を破ってピンク色のそれを取りだすと、ブラシがついているほうではなく、柄《え》の部分を舐めはじめた。黒いサングラス越しに瑠依を見ながら、柄の先端の丸くなっている部分にしつこく唾液を付着させた。

「さあ、姐さん。体の力を抜いてもらいましょうか。まあ、肥後ズイキを咥えこんだオマンコなら、こんなの大したことないでしょうけど」

丸くなっている柄の先端で、花びらをめくられた。山芋や肥後ズイキによる掻痒感はすでに薄れていたが、敏感な部分なのでビクッとしてしまう。

いったいなにを考えているのか、蛭田は歯ブラシの柄を肉穴にゆっくりと挿入してきた。肥後ズイキに比べればずいぶんと細かったので、さして衝撃はなかった。

色事師の指より細いくらいだったが、そのかわり歯ブラシの柄は長かった。肉穴のいちばん奥を、トン、トン、トン、とノックするようにつつかれた。軽いといえば軽い、やさしいといえばやさしい、微弱な刺激だった。

なんやこれ……。

瑠依はどうしていいかわからなかった。いままでされたことに比べて、愛撫がソフトすぎたからだ。もちろん、山芋や浣腸を超えるようなハードな責めを期待していたわけではない。そんなことは断じてないが、はっきり言って拍子抜けだった。

こんなん勝手にさせとけばええ……。

身も心も疲弊しきっていた瑠依は、胸底で吐き捨てた。こちらにはもう、さらす恥さえ残っていない。抵抗する気力すら失っている女にこんなことしかできないなんて、色事師もたいしたことがないものだと思った。

そっと眼を閉じると、瞼の裏に源治の姿が浮かんできた。同じようなことをされているようで、蛭田に責められるのと、源治に抱かれるのとでは、感じ方がまるで違った。

蛭田はただ、物理的に女の性感を刺激して、手懐けようとしているだけだった。女をロープで縛りあげ、山芋だの肥後ズイキだの浣腸だの、おぞましい小道具を使わなければなにもできない、性根の腐ったクズ中のクズだ。

源治は違う。キスをされるだけで胸がドキドキし、横顔を手のひらで包まれれば頬が熱く燃えあがっていく。源治の与えてくれる快感には、欲望を吐きだしたいという衝動だけではなく、あふれる愛が感じられる。

だから瑠依はいつだって、源治に抱きしめられると天にも昇るような気分になった。性的な快感なんてなくてもいいとさえよく思ったものだが、逞しい男根で貫かれれば貫かれたで、どうしたって乱れてしまう。愛情と快感が溶けあった絶頂感は格別で、その後に訪れる余韻の中で、この世に生まれてきてよかったと思わなかったことはない。

えっ？

瑠依はハッとして薄眼を開けた。

蛭田は歯ブラシの柄を使ったわけのわからない愛撫を執拗に続けていた。トン、トン、トン、とつつかれているのは子宮だった。

源治の逞しい男根でも、切っ先がそこまで届くことは珍しい。微弱な刺激でもしつこくされていれば奥が熱くなってくる。浣腸によって打ちのめされた体がにわかに生気を取り戻し、身をよじってしまう。

歯ブラシの柄が長いから、いちばん奥まで届くのか？　いや、なにかが違う。たしかに歯ブラシの柄は長いのだが、それ以上に自分の体に異変が起きているような気がする。

「やっぱり……」

蛭田が瑠依の下腹をさすりながら言った。

「たっぷり可愛がってあげたから、子宮が下がってる……」

ぐーっと下腹に手のひらで圧をかけられた瞬間、

「はっ、はぁうううううううーっ！」

瑠依はのけぞって叫び声をあげた。続いてガクガクと腰が震えだし、衝撃をこらえるために左右の足指をぎゅっと丸めなければならなかった。

それは、いままで経験したことがない種類の快感だった。そもそも瑠依はセックスのとき、いちばん奥を激しく突かれるのが苦手なのだ。気持ちがいいどころか、ちょっと怖い。源治もそれがわかっているから、あまり奥までは入ってこない。

だが、いまは……。

「どうです？　気持ちいいでしょ？」

蛭田は下腹にぐーっと圧をかけては力を抜く。それを五秒間隔くらいで繰り返しながら、トン、トン、トン、と歯ブラシの柄でつついてくる。

どちらも、刺激しているのは子宮のようだった。子宮が性感帯などという話を聞いたことがなかった瑠依は、愕然としながら身をよじり、ガクガクと腰を震わせることしかできなかった。わけのわからないまま快楽の海に溺れさせられ、気がつけば淫らなまでに腰をくねらせていた。

「なっ、なんやっ！　うちの体になにしたんやっ！」

激しく混乱しながら叫ぶと、

「姐さんの体の中に眠ってたお宝を掘り起こしただけです。女は男次第で、どこまでもドスケベになれる生き物なんですよ。もしや姐さんのダンナさん、喧嘩は強くてもセックスはド下手くそだったりして」

蛭田にせせら笑われ、

「いま、なんて言うた！」

瑠依は怒髪天を衝く勢いで怒り狂った。自分はともかく、源治を侮辱するのは絶対に許されないことだった。

だが、いくら怒り狂ったところで、体は恥ずかしい格好に縛りあげられているし、子宮への刺激は続いている。ぐーっと外側から押され、トン、トン、トン、と内側からつつかれるほどに、下腹の奥が燃えあがっていく。クリトリスやGスポットを刺激されるより深く濃い快感がこみあげてきて、息もできない。

「浣腸も効いてますねえ」

蛭田は得意げに言い放った。

「あれをされると体中が敏感になる女が、一定数いましてね。姐さん、どうですか？　赤っ恥かいたぶん、お釣りがくるほど気持ちいいはずですよ」

「うっ、うわあああーっ！　わぁあああああああーっ！」

瑠依はちぎれんばかりに首を振って泣き叫んだ。

浣腸が体中を敏感にしたかどうか、はっきりした自覚はなかった。そんなことより、子宮への刺激がたまらない。

もはや気持ちがいいなどという次元ではなく、恍惚が暴力的に襲いかかってくる。イキたいという欲望さえ置き去りにして、オルガスムスの暴風雨に巻きこまれそうだった。蛭田は刺激を強めることなく、最初から同じペースで愛撫をしているというのに……。

「イッ、イクッ！　イクイクイクイクーッ！　はぁあああああーっ！　はぁああああああああーっ！」

生まれて初めて味わった子宮イキは、想像を絶するものだった。快感そのものが爆発的なだけではなく、ピークからなかなかおりてこられない。蛭田が子宮への刺激をやめないので、体中の肉という肉が痙攣しつづけている。はずむ呼吸とあえぎ声のせいで口を閉じることさえままならず、口内にあふれた唾液が涎《よだれ》となって垂れていく。

「香子ちゃん、よく見てなさい。これから姐さん、十回でも二十回でもイキますよ」

蛭田の言葉が、瑠依には遠く聞こえた。

「はぁあああああーっ！　イクウウウー！　続けてイッてまううう一っ！　はぁおおおおーっ！　はぁおおおおおーっ！」

続けてイクというより、イキッぱなしになっていると言ったほうが正確だった。こんな経験は初めてだったし、なぜ蛭田のような卑劣な色事師に、愛する源治より鮮烈な絶頂を与えられているのか理解できなかった。

うちの体が……改造されてく……。

瑠依は底知れぬ恐怖を覚えつつも、生まれて初めて経験する子宮イキによって、正気を失いそうなほどよがっていた。絶頂のピークに磔《はりつけ》にされたような状態で、どこまでも深い快楽の底なし沼へと引きずりこまれていった。

第四章　いびつな純情

1

一週間ほどが経過した。

もしかしたら、もっと経っているのかもしれない。正確な日数はわからなかったし、窓のないラブホテルの部屋にいては、昼夜の区別すらつかない。

その間ずっと、瑠依は家畜じみた生活を強いられていた。食事は蛭田によって強制的にとらされたし、排泄時にトイレのドアを閉めることも許されなかった。監禁状態の緊張で出が悪くなれば、即座に浣腸を施された。後ろ手に拘束されてこわばった腕や肩をいたわるために浴槽に浸かるときは両手を自由にされたが、それにしたってスタンガンを持った蛭田の厳重な監視つきだ。眠るときにはあらためて後ろ手に拘束されたから、睡眠すら満足にとれず、いつだって意識が朦朧《もうろう》としていた。

このラブホテルはやはり竜虎会の息がかかっているようで、隣りあわせのふた部屋が押さえられていた。シーツを汚したり、タオル類を使いきったり、ゴミが溜まってきたりすると、隣の部屋に移動した。空になったほうの部屋をホテルの従業員が清掃してくれるから、清潔は保たれていた。

家畜と違うところがあるとすれば、起きている間のほとんどの時間、色事師によって性的な調教をされていたことだろう。

蛭田の調教に対する情熱は常軌を逸していた。レイプ犯が欲望を吐きだすためにレイプするのは、まだわかる。だが蛭田の場合、瑠依を抱くことは禁じられているのだ。香子とまぐわうところを見せつけてくることはあっても、瑠依を男根で貫いてくることはなく、そのかわりに調教してきた。

浣腸の前後には念入りにアナルマッサージをされ、肛門が拡張された。乳首やクリトリスは吸引器によって肥大化させられ、感度が格段にあがった。

もっとも時間を割いて行なわれたのが子宮イキの調教で、これがいちばんつらかった。子宮への刺激に慣れてくればくるほど連続絶頂の回数は増えていき、発狂するのではないかという恐怖を覚えるくらいイカされた。

瑠依にできることは、ただ従順でいることだけだった。少しでも反抗的な態度をとったり、不満をもらしたりしたら、折檻《せっかん》をされるからだ。

山芋や肥後ズイキを使う場合もあれば、別のやり方もある。子宮イキで失神するまでイカされるのもつらいが、逆にイカせてもらえないのはもっとつらい。色事師によって敏感にされた体をこれでもかと刺激され、絶頂寸前まで追いこまれても決してイカせてもらえない、寸止め生殺し地獄……。

これはただ肉体的につらいだけではなく、メンタルが相当削られる。オルガスムス欲しさに我を失い、なけなしのプライドを捨てて、イカせてもらうためならどんな屈辱も受け入れるようになるからだ。

卑猥なおねだり口上などまだいいほうで、土下座をして後頭部を踏まれたり、犬の真似をして放尿させられたり、香子の股間を舐めさせられたりして、人格が崩壊していく。そこまでして欲しいものが絶頂というのが自己嫌悪に拍車をかけ、自分の存在が限りなくみじめなものに思えてくる。

そんな思いをするくらいなら、従順でいるほうがずっと容易《たやす》い。外の世界のことも、元の暮らしのこともいっさい考えず、瑠依は座敷犬のようにおとなしくなった。

おそらく、人間というものは環境に適応しやすい生き物なのだろう。自力で環境から抜けだせる可能性が少しでもあるなら話は別だが、それがないとわかると適応するしか生きる道がない。

そうまでして生に執着する気もなかったが、一日に何十回とオルガスムスを与えられていると、思考能力が急激に低下していった。死だけが救いなどと考えていることさえできなくなり、頭の中を占めているのは次のオルガスムスのことだけだった。

源治には、若いころ敵対組織に拉致されて三日三晩リンチを受けても口を割らなかった武勇伝があるのだが、瑠依は三日ももたなかった。

いや、もしも痛みをともなうだけの拷問なら、瑠依だって三日くらいは耐えられたかもしれない。しかし、淫らな拷問となると話がまるで違った。

絶頂と折檻だけが繰り返される監禁生活は、瑠依の性格さえもすっかりねじ曲げてしまった。オルガスムスを餌にした家畜に成りさがって、ただ性的な玩具として生きるしかなかった。

竜虎会の有馬が再び姿を現したのは、そんなときだった。

「どや？　ニュース見たか？」

坊主頭を撫でながら部屋に入ってくるなり、有馬は得意げな顔で蛭田に訊ねた。瑠依はそのとき、全裸で床に正座させられていたのだが、有馬は一瞥しただけですべてを察したように、ふんっと鼻を鳴らしただけだった。

「いや、すみません」

蛭田が有馬に頭をさげる。

「テレビはいっさいつけていないんです。外からの情報を遮断するのは、調教のイロハでして」

「まあ、ええがな」

有馬はリモコンを手にしてテレビの電源を入れた。チャンネルを次々に変えて、ニュース番組を探しだす。

「これやこれや……」

画面には「暴力団同士の抗争か？」という文字が躍っていた。背景の映像は、見覚えのある建物だった。見覚えはあるが、見るも無惨な姿になっていた。シャッターが壊れたガレージからもくもくと煙が出て、中に停まっている真っ白いはずの大型セダンが真っ黒焦げになっていた。

「昨日未明に起こりました暴力団事務所の爆破事件ですが……」

男性アナウンサーの声が被る。

「先ほど、手榴弾を投げこんだ犯行グループが自首した模様です。住所不定の三人組で、伊佐木一家と金銭トラブルがあったと供述。警察は背後に敵対する暴力団組織がいる可能性も含め、捜査を続行する方針で……」

有馬は音声をオフにすると、「ダハハッ」と高笑いをあげた。

「ついにやったで。これで伊佐木一家もしまいや。西侠連合のやることたぁえげつないでぇ。いきなりパイナップル放りこんでドカーンや」

画面に「死者三名、負傷者十七名」のテロップが出る。

「ほんまはこの三倍以上の数、死んどるけどな。爆発した事務所から逃げだした連中、片っ端からさろて、いまごろ大阪湾で魚の餌や。残念ながら、源治のタマぁまだやけどな。カシラの岩谷はきっちり殺《や》ったし、源治も時間の問題やろ。爆発したときクルマん中におったらしから、かなりの手負いやろしな」

よほど嬉しいらしく、有馬の饒舌《じょうぜつ》はとまらなかった。画面に自首した犯人三名の顔写真が出ると、

「ダハハハッ。こんなパチンコ屋で玉拾うてそうなダボが、やくざの事務所にパイナップル投げる根性あるわけないやろ。大手はほんま手まわしえぇのぉ。借金で首まわらんようなった連中らしが、保険金かけて殺されるんと、刑務所行くのとどっちがえぇか、クンロク入れ

た言うとったで」

瑠依の心は冷えきっていた。

岩谷はん、死んでもうたのか……。

伊佐木一家が潰されたという情報がもたらされたところで、もはや涙も出なかった。家族の悲惨な末路に、涙を流す家畜はいない。

源治が殺されなかったということだけが、救いと言えば救いだった。彼の生命力ならそう簡単には死なないだろうし、地下に潜ってどこまでも生きのびてほしかった。

ただ……。

源治が無事だったところで、どうせ二度と会うことはないだろうと思うと、救いにさえ心が動かなかった。いまの自分の境遇を思えば、いっそ死んでいてほしかった。不謹慎にもそんなふうに思ってしまうようでは、もはや極道の妻、失格だろう。しかし、それがいまの瑠依の嘘偽りのない本音なのだからしかたがない。

死んでしまったのなら、あの世で会えばいい。あれだけ愛しあった男なのだから、そこが天国であろうが地獄であろうが、かならずや再会できるだろう。生きているのに会うことができないほうが、よほど残酷な悲劇ではないか。

西侠連合をバックにつけた竜虎会と喧嘩するなんて、どだい無理な話だったのだ。源治はミナミでいちばんの武闘派かもしれないが、向こうは西日本最大の組織なのである。構成員が多いだけではなく、いきなり事務所に手榴弾を放りこむなんて、喧嘩のやり方が常軌を逸している。そんな相手にドスや拳銃で立ち向かっても、敵うはずがないではないか。

「どや？　調子は……」

有馬が側までやってきたので、瑠依は虚ろな眼を向けた。

「顔見ただけでわかるで。蛭田にきつーく仕込まれたんやろ？」

「思ったよりも時間がありましたんで……」

蛭田が口を挟んできた。

「仕事はきっちりしときました。ボクの最高傑作です」

「舐めろ言うたら舐めて、股開け言うたら股開くか？」

「それどころか、どんなえげつないことを迫っても、黙って言いなりです。ケツ掘らせろって言ったら掘らせるし、小便しろって言ったら小便します」

「おどれ、オメコしてへんやろな？」

「約束はちゃんと守ってますよ。前の穴も後ろの穴も使ってません。口くらいは使ってもと思わないこともなかったですが、それも我慢しました」

「ぐふふっ、楽しみやで。わしもこの二、三日中に事情聴取で呼びだされるやろしな。その前にじっくり堪能させてもらうわ」

「そんな有馬さんのために、とっておきを調合しときました」

蛭田は紙に包まれたなにかをポケットから出し、有馬に渡した。

「まむしにすっぽん、ハブや朝鮮人参などを特別ブレンドしておきましたんで、存分に愉しんでください。粉末なんで口あたりはよくないですが……」

「良薬口に苦しやな」

有馬と蛭田は眼を見合わせて笑った。

「ま、精力剤なんかのうても、ミナミの宝石とようやく本懐を遂げられるんや。朝までギンギンに決まっとるがな」

「それじゃあ、ボクたちは隣の部屋におりますんで、なにかあったら内線で」

蛭田は香子をうながし、部屋を出ていこうとしたが、

「ちょう待て。その前に女の両手、自由にしたれ」

「え、大丈夫ですか？」

「この顔つきなら、反抗することもないやろ。両手を自由にしたところで、女ひとりにどうこうされるわしでもないしな」

「わかりました」

蛭田はうなずき、瑠依の両手を縛っているロープをほどきはじめた。

2

久しぶりに両手を自由にされた。

入浴時以外はほぼ一日中縛られたままなので痺れが常態化し、拘束をとかれてもすんなりとは動かすことができず、髪をアップにまとめるのも大変だった。

「血行が悪くなってますね。風呂にでも浸からせましょうか」

蛭田が苦笑まじりに言い、

「それがええ。わしもここ二、三日、のんびり風呂に入る暇なんぞなかったからのう。ふたりでしっぽりお湯に浸かるわ」

有馬はすっかり脂下がった顔で答えた。

浴槽にお湯が溜まると、瑠依は有馬にうながされてバスルームに向かった。瑠依は最初から全裸だったが、有馬が脱衣所で服を脱ぐと背中の刺青が眼に飛びこんできた。猛《たけ》った虎と竜が眼光鋭く睨みあっていて、ずんぐりむっくりした体軀が、にわかに凄みを増した。

「どや？　腕は痛むか？」

バスルームに入ると、有馬がシャワーのお湯を肩にかけてくれた。実際、瑠依の腕はまだ痛んだのでありがたかったが、やさしい素振りがおぞましくもあった。裏側に下心がべったりついたやさしさを、女は警戒する。

もっともいまの瑠依は、警戒したところで防御の手立てがなにもなく、有馬の毒牙にかかるのは既定路線なのである。

そんなことより、久しぶりにお湯に浸かった心地よさのほうが重要だった。痺れて硬直していた肩から腕の筋肉がゆっくりと楽になっていき、血行がよくなっていくことを実感できる。お湯の中で、真っ赤な牡丹が咲いていた。太腿に入れた刺青だ。瑠依はなるべく見ないようにしていた。それを見ると、どうしたって源治のことを思いだしてしまう。

「こっちに来んか？」

向き合ってお湯に浸かっていたのだが、有馬にうながされて背中をあずけた。バックハグの体勢である。

「蛭田はたいした仕事人だのう……」

有馬は嚙みしめるように言った。

「あんじゃじゃ馬がこないに従順になるなんて、魔法みたいや」

後ろから伸びてきた両手に双乳をやわやわと揉まれ、瑠依の息はとまった。

「うちにはもう……有馬さんしか頼れる人がおらんので……」

「ほう……」

有馬が感心した声をもらした。瑠依が媚びていたからだ。ホステスをやっていたときでさえ、男に媚びたことなんてないのに……。

「そやで。わしの言う通りにしたったら、何不自由ない暮らしさせたる。どうせ源治はもうすぐこの世からいなくなんのや。わしを頼りにしとったらええがな」

「はい、よろしくお願い……んんっ！」

むっちりした太い指で乳首をつままれ、瑠依は身をよじった。元から感度が悪い方ではなかったと思うが、蛭田にしつこく吸引されたせいでひどく敏感になっていた。ちょっと触れただけで快感が体の芯まで響いてくるし、乳首そのものもジンジンと熱く疼きだす。

「ええ、匂いや……」

有馬が左右の乳首をいじりながら、首筋に顔を押しつけてきた。瑠依は風呂に入る前に長い黒髪をアップにまとめていたので、うなじが露出している。そこにねっとりと舌が這いまわりはじめると、お湯に浸かっている体をくねらせずにはいられなかった。卑劣な男におぞましいやり方で手込めにされているというのに、蛭田に調教された瑠依の体はあっという間に欲情しきっていく。

「んんんっ……はぁあああっ……はぁあああっ……」

息をはずませながら振り返ると、唇を奪われた。相手はホステス時代、いくらお金を積まれてもキスすることなど考えられない男だった。

なのにいまは、自分から舌を差しだし、ねっとりとからめあって、唾液が糸を引くほど濃厚なキスをしてしまう。有馬も有馬で、饅頭みたいな丸顔を真っ赤にして、瑠依の舌と口をむさぼってくる。

「こら邪魔やな……」

有馬が入れ歯をはずし、前歯が四本ない顔でニカッと笑った。正視に堪えない醜悪さだったが、瑠依にはキスを続けることしかできない。前歯が四本ない男とするキスは、なんとなく卑猥だった。

「あううっ！」

瑠依は振り返っていることができなくなった。有馬の右手が、下半身に這ってきたからである。お湯に浸かっている太腿を撫でまわされ、両膝の間に手指が忍びこんできた。敏感な内腿を揉みしだかれると自然と両脚は開いていき、無防備になった股間に手指が襲いかかってくる。

「蛭田にやられたんか？」

鼻息をはずませながら、有馬が耳元でささやいた。

「つるマンはええのう。毛深い女も悪うないが、わしゃつるつるのが興奮するんや。オメコがよう見えるし、ハメ心地もようなる」

陰毛のない恥丘を撫でさすりながら、有馬はますます鼻息を荒らげていく。指先がさらに下へとすべってくると、

「んんんーっ！　くぅううううーっ！」

瑠依は首に筋を浮かべて悶えに悶えた。陰毛は毎日丁寧に剃られていたが、蛭田にされたのはそれだけではなかった。吸引器を使ってクリトリスを肥大化させる調教を受けていた。おかげでいつでも包皮が半分ほど剝けている状態で、ちょっと触られただけでも腰が跳ねてしまうほど敏感になっている。

「ええんか？　ええのんか？」

瑠依の反応がよかったせいだろう、有馬はクリトリスを集中的にいじりまわしてきた。男っぷりでは源治の足元に及ばなくとも、彼にしても竜虎会のナンバー2だ。女の場数はそれなりに踏んでいるらしく、下手ではなかった。色事師の洗練された指使いとは違い、どことなく粗野な感じがしたが、それもまた新鮮な刺激となる。

「あぁああっ……はぁああっ……はぁあああああーっ！」

肥大化したクリトリスをしつこく刺激され、瑠依は激しく身をよじった。感じはじめた女の花が、お湯とは違うねっとりした蜜を漏らしはじめ、有馬が指を入れてきてもすんなりと咥えこんだ。

「くぅうう——っ！　くぅううう——っ！」

悶える瑠依を左手で抱えながら、有馬は右手の中指でヌプヌプと浅瀬を穿ってくる。

「ええオメコや……」

感嘆の熱い吐息を吐きだす。

「中のびらびらが指にからみついてきよるで。食い締めもよさそや。さすがミナミの宝石のオメコやな……もっと奥まで入れよか？」

「ううう……」

瑠依は羞じらいに頬を赤く染めながらうなずいた。

「ええで。もっと奥まで掻き混ぜてやってもええし、指よりぶっといもん突っこんでやってもええ。やけどな、ものには順序っちゅうもんがあるさかい。まずはわしの大事なもん、じっくりねぶってもらおうかの」

有馬は不意に瑠依から手を離すと、湯船の中で立ちあがった。

「こっち見ぃ」

うながされ、瑠依は振り返った。胸元までお湯に浸かった状態のままだから、有馬の股間とそこから生えている男根が、眼と鼻の先にくる。

「えっ……」

瑠依は一瞬、絶句した。そそり勃った男根の形状が、あまりにもグロテスクだったからである。肉竿のまわりに不自然な突起がいくつもあった。脱衣所で裸になったときに気づかなかったのは、派手な刺青に眼を奪われていたせいだろうか？

「真珠やで」

有馬が得意げに胸を反らせた。

「あんたにフラれてから入れたんや。これ入れてからっちゅうもの、わしの男っぷりがあがったともっぱらの噂なんやで。労せずして、女をひいひい言わせられるようになったからのう。男はやっぱり、ベッドで女を泣かせてなんぼやろ。泣かせたら泣かせただけ、自信がみなぎってくるわ」

以前の瑠依であれば、舌打ちのひとつもしたかもしれない。喧嘩でよその組に勝てないとなると大組織の傘下に入り、生き様で女を惚れさせることができないとなるとペニスを改造する。果ては改造したペニスで女をよがり泣かせて空威張り……。

溜息が出そうなほど情けない男だった。だいたい、ペニスに異物を入れるなんて、チンピラのやることではないだろうか？　曲がりなりにも組織のナンバー2にまでのぼりつめた男が、嬉々としてやることではない。

だが、いまの瑠依にそんな啖呵を切ることはできなかった。

「さあ、ねぶってくれや」

とうながされれば、「はい」とうなずいて真珠でボコボコしている男根の根元に指を添える。舌を差しだし、亀頭をねろねろと舐めまわす。そうしつつ、上目遣いで男を見上げることも忘れない。

瑠依は蛭田によって、フェラチオのやり方も仕込まれていた。最初はバナナを使い、次に男根を模したディルドを使って、徹底的に男のツボを叩きこまれた。

源治との夫婦生活では、ほとんどやったことがないことばかりだった。瑠依はただ、素朴に舐めしゃぶっていただけだったが、源治はいつだって気持ちがいいと言ってくれた。嘘をつかれていたとは思わない。ふたりの間には深い愛の絆があったから、素朴なやり方で充分だったのである。

だが、愛のないセックスではテクニックを駆使する必要がある。家畜じみたメス奴隷となれば床上手でなければならず、フェラチオはセックスにおいて女の最大の見せ場であると蛭田に教えこまれた。

「うんあぁっ……」

亀頭に充分な唾液のヌメリをつけると、瑠依は口唇を卑猥なOの字に開いた。間違っても歯をあてないように注意しながら、有馬のグロテスクな男根を咥えこんでいく。咥えこんだら、ゆっくりと頭を前後に振って唇をスライドさせていく。男根と口内粘膜をぴったりと密着させ、男がいちばん感じるというカリのくびれを、唇の裏側のつるつるしたところで丁寧にこすっていく。

「むうっ、ええでっ……絶品のおしゃぶりや」

有馬が腰を反らせたので、瑠依は上目遣いを向けた。蛭田によれば、舐めながらでもしゃぶりながらでも、十秒に一回は上目遣いを向けるといいらしい。

『とくに姐さんは美人さんですから。美人が自分のチンポを咥えてるところを見て興奮するのが、男っていう生き物なんですよ』

教えはしっかり覚えていたが、なにしろ実践は初めてなので十秒に一回というタイミングがうまくつかめない。

とはいえ、バナナやディルド相手に色っぽい顔をつくり、扇情的な上目遣いをするのは恥ずかしく、それに比べれば生身の男根をしゃぶっているほうがまだよかった。相手が興奮してくれれば、こちらもそういう気分になってくる。バナナやディルド相手では演技だった表情が、自然とつくれる。

「おおうっ、ええでっ……ごっつ気持ちええでっ……」

瑠依が男根を強く吸いたてると、有馬は興奮に両脚を震わせた。瑠依は口内を真空状態にして強く吸いたてるバキュームフェラを行なっていた。ただ強く吸えばいいわけではなく、相手の反応を見て緩急をつけることがコツらしい。

口のまわりが唾液まみれになっても拭うことはせず、肉竿の裏側を、ツツーッ、ツツーッ、と舌先でなぞったり、チュッ、チュッ、とキスをしたり。玉袋も忘れず舐めまわして、睾丸を片方ずつ口に含む。

さらには男根の全体を口内に収めるディープスロート。これは咥えこむ角度に注意しなければならない。角度さえ間違わなければどれだけ長大なペニスでも深く咥えられるし、喉奥に亀頭をぶつけてえずくこともない。

3

「たまらんな、まったく……」

有馬は前歯のない顔でニヤリと笑った。

「ミナミの宝石が、まさかこんなにテクニシャンやったとはな。源治も隅に置けんのう。閨《ねや》でも暴君なんか？　あん外道……」

フェラチオを教えてくれたのは蛭田であり源治ではないと、瑠依は正直に伝えようとしたが、有馬に左手を取られて息を呑んだ。

「まだ健気にこんなもんしとるんか？」

瑠依の左手の薬指には、結婚指輪がはめられたままだった。初めて一緒に朝を迎えた日、高島屋で買ってもらった大切な思い出の品だったが、

「もうええんです。はずしましょか……」

瑠依は遠い眼をして言った。

「いや、ええ。あんたがホステスしとるころならな、道頓堀にでもほかしてやろ思たやろけどな。いまはそういう心境やないんや。源治の女房を寝とっとるいうほうが、興奮するんやから困ったもんやで」

有馬はグロテスクな男根を揺らして高笑いをあげた。

「そらそうと、そろそろ風呂からあがろうや。ゆでダコになってまう」

坊主頭で饅頭のような丸顔が真っ赤になっている様子は、まさにゆでダコだった。そんな有馬にうながされ、バスルームから出た。瑠依はすかさずバスタオルを取り、自分の体を拭

う前に有馬の体を拭った。それももちろん、蛭田の教えだ。

有馬は腰にバスタオルを巻き、瑠依は胸から巻いて部屋に戻った。

「……ふうっ」

有馬はベッドに腰をおろすと、太い息を吐きだした。

「なにか飲まはりますか？」

瑠依は冷蔵庫の前から声をかけた。

「ビール取ってや」

有馬はまだ汗の流れている首筋を手で扇ぎながら答えた。

瑠依は冷蔵庫から缶ビールを出し、それをグラスに注いでから有馬に差しだした。有馬はひと息に飲み干すと、

「カーッ、うまいっ！」

湯上がりに上気した丸顔をくしゃくしゃにして、手のひらでパンッと額を叩いた。しかし、どういうわけか次の瞬間には急に静かになり、瑠依が二杯目のビールを注いでもチビチビとしか飲まなくなった。

「なしてこないなことになったんやろなあ……」

有馬は、ぼんやりとつぶやいた。ひとり言のようだったので、瑠依は言葉を返さなかった。

遠い眼をしてビールをチビチビ飲んでいる有馬の横顔に、暗い影が差していた。抗争で死んでいった人間のことを考えているのではないか、と瑠依は思った。切った張ったのやくざ稼業とはいえ、彼は大量殺人の陣頭指揮を執ったのだ。それも、巨大組織の力を借り、一夜にして一家を壊滅させるような常軌を逸したやり方で……。

いくら伊佐木一家に恨みつらみがあったとはいえ、やりすぎたかもしれないと後悔しているのだろうか？　いや、後悔しそうになる自分を必死に諫《いさ》めているのかもしれない。後悔したところで死者が蘇ることはない。決して過去を振り返らず、行くべき道を行くのが、極道社会の処世術だ。

にもかかわらず、有馬はやたらとセンチメンタルな雰囲気で、

「なあ、あんた……ちょっと隣に座りぃ」

湿っぽく声をかけてきた。瑠依が隣に座ると左手を握りしめ、薬指にはめた指輪をしみじみと眺めた。

「話を蒸し返すわけやあらへんが……わしが贈った指輪はつっけんどんに返したくせによ、なして源治からの指輪は受けとったんや？」

瑠依は曖昧に首をかしげた。たしかに、有馬から指輪を贈られたことはあった。しかし瑠依は相手が誰であろうと、指輪だけは受けとらないようにしていた。

イヤリングやネックレス、ドレスやバッグや腕時計――そういった贈り物を笑顔で受けとり、接客時に身につけたり礼状を書くのは仕事の一環だと割りきっていたが、指輪には特別な意味がある。

指輪を受けとることで、不要な誤解を生みたくなかった。指輪を受けとったという既成事実がトラブルを生み、いたずらに人間関係をこじれさせることを嫌った。

ホステスとしては当然の保身術だが、そんなことを有馬にわかるように説明する気力がいまの瑠依にはなかった。

「なあ、なんでなん？　なしてわしの指輪、受けとってくれへんかったん？」

「昔のことは、ええやないですか……」

瑠依は有馬の手を握り返した。

「うちはもう、有馬さんのものなんですから……過去なんて忘れさせてほしい……伊佐木にもらった指輪も、有馬さんがほかせ言うならほかします」

「ええんや。それはええんやけど……」

有馬は泣きそうな顔になって、瑠依を抱きしめてきた。そのままベッドに押し倒され、前歯のない口でキスをされる。

「ぅんんっ……ぅんあぁっ……」

ねちゃねちゃと音をたてて舌をからめあいながらも、瑠依は気もそぞろだった。有馬のせいで、こちらまでセンチメンタルな気分になってしまった。

瑠依がかつて有馬の求愛に応えていれば、たとえば源治に内緒でひと晩くらい付き合っておけば、伊佐木一家の組員たちが非業の死を遂げ、手負いの源治が巨大組織に追われることもなかったのではないだろうか？

有馬は気取りがないが品もなく、人懐こいけれど利にさとい、典型的な大阪やくざだった。ただ、彼の伊佐木一家に対する深い憎悪と、西侠連合の傘下に入ってからの挑発行為の数々には、狂気じみた異常さが滲んでいた。その動機の根底に、あの夜の出来事が——夜道で瑠依を待ち伏せしていたところを源治に見つかり、前歯を四本失うほどしばきまわされたことがあるのはあきらかだった。

やくざはメンツを重んじる生き物だから、源治を恨みつづけるのはしかたがない。有馬もすぐに報復をしたかったに違いないが、当時の竜虎会と伊佐木一家の力関係では不可能であり、有馬は血の涙を流すほど悔しい思いをしたはずである。

だが……。

そんなことを考えていられたのは束の間のことだった。唾液を啜りあう深いキスに興奮した有馬は鼻息を荒らげてギョロ眼を剝いた。その表情からはもう、センチメンタルな雰囲気は微塵もうかがえず、ただ欲望だけが脂ぎっていた。

「あっ……」

バスタオルの前をはずされると、瑠依は小さく声をもらした。有馬は興奮のままに瑠依にまたがると、双乳をむんずとつかんで揉みしだいてきた。一見乱暴でも痛みをともなわない力加減だったけれど、こちらを見ている有馬の眼は怖いくらいにギラついて、瑠依は気圧《けお》されてしまった。

「あううっ！」

それでも乳首に吸いついてこられると、瑠依は淫らに歪んだ声をあげた。蛭田に調教されきったこの体にはあちこちに官能のスイッチボタンがあり、刺激されれば快楽のことしか考えられなくなる。

「むううっ……むううっ……」

有馬はひとしきり左右の乳首を舐めまわすと、

「さっきのお返しをさせてもらわんとな……」

好色さを隠しもしない笑みを浮かべ、後ろにさがっていった。瑠依の両脚の間に陣取ると、すかさず両膝をつかんで左右にひろげ、M字開脚に押さえこんできた。さらに瑠依の体を丸めこみ、逆さまにしてしまう。

「ええ、眺めや……」

有馬にささやかれると、瑠依の顔はにわかに熱くなった。彼の眼からは陰毛に守られていない女の花から禁断のアヌスまで、女の恥部という恥部がすべて見えているはずだった。いや、それだけではない。有馬の目的はあきらかに、クンニリングスをしながら瑠依の顔を眺めることだった。

「あううっ！」

有馬がチロチロとクリトリスを舐めはじめると、瑠依の顔は喜悦に歪んだ。蛭田によって肥大化したクリトリスは包皮が半分ほどしか被っていないから、軽く舐められただけでも刺激は峻烈《しゅんれつ》だった。

「むううっ……むううっ……」

瑠依の反応に気をよくした有馬は、本格的に女の花をむさぼりはじめた。割れ目に沿って舌を這わせ、左右の花びらを代わるがわる口に含み、さらにはヌプヌプと浅瀬に舌先を差しこんでくる。そうしつつふたつの胸のふくらみに両手を伸ばし、すでに尖っている左右の乳首をつまんだりくすぐったりしてくる。

愛撫をしつつもギョロ眼を剥いてこちらを見ていたから、瑠依をこの体勢に押さえこんだ目的はやはり、よがり顔を眺めることだったのだ。

女は行為中の自分の表情なんて、考えたくもない。それはある意味、乳房や股間を見られるよりも恥ずかしいものだ。

瑠依にしても見たくはなかったが、その部屋の天井は鏡張りだった。見たくはないと思っていても、つい見てしまう。そして自分の表情の艶やかさにショックを受け、せつなげに眉根を寄せていく。

「あぁあああっ……はぁあああっ……はぁあああああーっ！」

声をあげてよがっている自分は、このセックスを心底楽しんでいるように見えた。女の花を舐めまわしているのは瑠依を拉致監禁した首謀者であり、伊佐木一家壊滅の陣頭指揮を執った男だった。

にもかかわらず、正視できないほど浅ましい顔で喜悦をむさぼり、どうしようもなく快楽の海に溺れていく。ひいひいと喉を絞ってよがり泣いては、絶頂に向かって走りだそうとしている。

4

「この部屋はええな。どこもかしこも鏡があって……」

有馬は瑠依が絶頂に達する前にクンニリングスを中断した。

瑠依は落胆しなかった。有馬は恋女房を愛でている良人《おっと》でもなければ、女の体を淫らに改造しようとしている色事師でもない。自分の欲望を吐きだしたくなれば、女の都合などおかまいなしに貫きたくなるのが男という生き物だろう。

「四つん這いになってくれるか」

有馬にうながされ、瑠依は犬の格好になった。その部屋は壁や天井が鏡張りなだけではなく、ご丁寧に円形のベッドの半周にも、ぐるりと鏡が立てかけてあった。

うちは最低や……最低な女や……。

四つん這いで鏡に対峙した瑠依は、胸の中で悲嘆した。尻を突きだして男が挑みかかってくるのを待っている自分の姿は、涙が出そうなほど憐れなものだった。

瑠依はもともとバックスタイルが好きではなかった。お尻の穴を見られたくないからだ。真っ暗にしてくれるならいいのだが、夫婦生活のときは源治の顔を見ていたいという欲望もあるから真っ暗にはできず、必然的にバックは敬遠するようになっていった。

しかも相手は、凌辱者にして組の仇《かたき》、憎んでも憎みきれない男のはずなのに、お尻の穴から女の花まで無防備にさらけだした恥ずかしい格好をやめられない。

瑠依は経験的に知っていたからだ。胸の中でみずからの境遇に悲嘆することは、いまだ日に何度かある。だがそれは、官能のスイッチボタンを押されるまでのごく短い時間であり、性感帯を刺激されればすべてが変わるのだ。快楽の暴風雨が、悲嘆などすぐに吹き飛ばしてくれる。

「わしは本来、バックなんか好きやないんや。女の顔が見えんからな……」

膝立ちで瑠依の尻に腰を寄せてきた有馬が、結合の体勢を整える。

「せやけど、鏡があるなら話は別や。女の顔が見えるからな。あんたみたいなええ女が相手やと、メス犬みたいに言わせてみたくなるんや……」

勃起しきった男根の切っ先を濡れた花園にあてがわれると、瑠依はぶるっと震えた。先ほどフェラチオした有馬の男根は、根元に真珠がいくつも埋まっていた。いったいどれほどの快感に翻弄されるのか、期待と不安が胸を揺さぶる。

「いくで……」

有馬が中に入ってきた。割れ目にずぶっと亀頭が押しこまれると、

「くぅううーっ！」

それだけで瑠依はうめき声をあげた。蛭田にさんざん調教され、数えきれないほどの絶頂に導かれたけれど、生身の男根を挿入されることはなかった。ずぶずぶと肉穴に入ってくると、新鮮かつ峻烈な感触で、身をよじらずにはいられなかった。

しかも、有馬の男根は真珠入りだ。深く貫かれると、根元にいくつも埋めこまれているゴツゴツした突起が、はっきりと感じとれた。

「むううっ、たまらん……」

男根のすべてを肉穴に収めた有馬は、太い息を吐きだした。興奮しているはずなのにいきなり動いてこないのは、やはり場数のなせる業だろう。肉と肉とが馴染むのをじっくりと待ってから、腰を動かしはじめた。

まずはグラインドだった。ぐりんっ、ぐりんっ、と腰をまわし、勃起しきった男根で肉穴の中を掻き混ぜてくる。

「あああっ……あああっ……」

瑠依は両手でシーツを握りしめた。模造品ではない生身の男根の感触はやはり特別で、まだピストン運動が始まっていないのに体の内側が歓喜にざわめく。

そしてやはり、根元のゴツゴツが肉穴の入口あたりにあたっているのが気になった。ノーマルな男根にはあり得ない、なんとも言えない刺激がある。

「たまらん……たまらんオメコやないか……」

有馬はしきりに唸りながら、腰のグラインドを継続した。久しぶりの感触に呼応した肉穴が、新鮮な蜜をじゅんと漏らす。有馬が腰をまわすほどに、ずちゅっ、ぐちゅっ、と卑猥な肉ずれ音がたつ。

「あぁあああっ……はぁあああああっ……」

体の内側をしたたかに掻き混ぜられ、瑠依は恥ずかしいほど身をよじった。その腰は、有馬の両手によってがっちりとつかまれている。自分のほうに引き寄せるようにして、結合感を深めていく。

不意に、動き方が変わった。グラインドからピストン運動へと移行し、ずんずんずんっ、ずんずんっ、と突きあげてきた。

「はっ、はぁあああああああーっ！」

瑠依は甲高い声をあげた。蛭田に開発された子宮に、亀頭が届いていた。以前はいちばん奥まで突きあげられるのが怖かったのに、いまは子宮を亀頭でこすられるのがたまらなく気持ちいい。何度かこすられただけで、下腹の最奥で喜悦がスパークし、それがみるみる大きな炎となって燃え盛っていく。

「おっ、奥うっ！　奥がいいっ！　気持ちいいーっ！」

たまらず叫ぶと、

「ここか？　ここか？」

有馬は渾身のストロークを深々と打ちこんできた。一打一打に力を込め、最奥まで貫かんばかりの勢いだ。

「はぁうううう〜っ！　はぁうううう〜っ！」

瑠依は長い黒髪をざんばらに振り乱してよがり泣いた。子宮を亀頭でこすりあげられるのもたまらなかったが、結合が深まると根元の真珠があたる部分が変わった。ゴツゴツした突起がGスポットにあたっていた。

子宮とGスポットをふたつ同時に刺激されるのは、蛭田にもされたことがない未知の領域だった。瑠依はいままでペニスに異物を埋めこむような男を軽蔑していたが、これは狂う。気持ちがよすぎて、体が燃え狂っていく。

「はぁああああ〜っ！　はぁああああ〜っ！　はぁああああ〜っ！」

よがり泣きながら薄眼を開けて鏡を見ると、発情しきったメス犬の姿が映っていた。喜悦に歪みきった顔はどこまでも淫らで、閉じることができなくなった口唇から涎を垂らしていた。下唇の真ん中から糸を引いて垂れていく涎が、なによりも饒舌に瑠依の発情を物語っていた。

「ごっついっ！　ごっつい食い締めやでえっ！」

パンパンッ、パンパンッ、と瑠依の尻を打ち鳴らしながら、有馬が叫んだ。

「オメコが吸いついてきよるっ……突いても突いても、まだ奥まで引きずりこまれていくようやっ……」

「あああっ……はぁあああっ……」

瑠依は上体を反らせて振り返ると、有馬を見た。そんなことをしなくても目の前に鏡があるのに、なぜ振り返ったのか自分でもわからない。

「うんんっ！　ぅんあああっ……」

有馬がすかさず唇を重ね、舌をからめてきた。瑠依も舌を差しだしてそれに応える。はずむ呼吸をぶつけあいながら、唾液と唾液を交換するような濃厚な口づけを交わす。

きっとそうされたくて振り返ったのだろう、と瑠依は思った。相手の素性がどうであれ、性器を繋げ、未踏の快感を与えてくれている男とキスをしたくなるのは、女の本能なのかもしれない。

「うんんっ！　ぅんんっ！」

キスが深まっていくと、有馬のピストン運動は渾身のストロークではなくなった。バックスタイルで振り返りながらキスをしていれば無理な体勢になるので、それはしかたがない。しかし有馬は、ただ抜き差しのピッチを落としただけではなかった。男根を深く埋めこんだ状態で、最奥をぐりぐりとこすってきた。亀頭で子宮を……。

そうしつつ、瑠依の腰をつかんでいた両手は胸へと移動し、ふたつのふくらみを揉みくちゃにしてきた。左右の乳首をつまみあげ、興奮を伝えるようにぎゅうっとひねりあげてきたりもする。

「ぅんぐっ！　ぅんぐぐぐーっ！」

瑠依は舌をしゃぶられながら、鼻奥で悶え泣いた。結合状態で乳首を刺激されるのは以前から好きだったが、いまは蛭田のおかげでとびきり敏感になっている。こみあげてくる快感の熱量も以前とは段違いで、あまりの気持ちよさに涙が出てきそうになる。

女の体の性感帯はすべてが繋がり、連動しているものなのかもしれない。蛭田によって子宮イキの調教を徹底的に受けた瑠依だが、同時にGスポットや乳首を刺激されると、調教時には知り得なかった快楽の新しい扉が次々と開いていく。

「どやっ！　どやっ！」

有馬が亀頭で子宮をぐりぐりとこすりたてながら、叫ぶように言った。

「真珠入りのわしのチンポと源治のチンポ、どっちがええんや？」

「こっ、こっちがええっ……有馬さんのほうが気持ちええっ……」

いまにも泣きだしそうな顔で瑠依は答えた。

「ほんまか？　ほんまなんか？」

「ほんまですっ！　有馬はんのほうが気持ちええですっ！」

視線と視線がぶつかりあい、火花を散らした。ギラついた眼でこちらを見ている有馬はもっと見つめあっていたいようだったが、瑠依は振り返っていられなくなった。

「あああっ……いややっ……いややっ……」

今度は鏡越しに有馬を見て言った。

「うち、もうダメやっ……イッてまうっ……」

「イッたらええがな……」

有馬は大きく息を吸いこみ、ゆっくりと吐きだした。

「誰にイカされるんか、しっかり眼を開けて鏡を見るんや。わしの顔を見ながら、存分にイッたらええ」

有馬は再び瑠依の腰を両手でつかむと、怒濤の連打を送りこんできた。パンパンッ、パンパンッ、と尻を打ち鳴らし、亀頭が子宮にこすれるほど強く突いてくる。男根の根元に埋めこまれた真珠がGスポットにあたる。ふたつの刺激が渾然一体となり、瑠依を肉悦の海に溺れさせていく。

「イッ、イクッ！　もうイッてまうっ！　イクイクイクイクッ……はぁあああーっ！　はぁあああああーっ！」

甲高い声をあげて、瑠依はオルガスムスに駆けあがっていった。衝撃的な快感に大量の涎を垂らし、白眼を剝きそうになった。見るも無惨になった自分の顔が鏡に映っていた。しかし、眼を閉じることは許されなかった。有馬に鏡を見るように命じられたので、必死に眼を見開いて鏡越しに視線を合わせた。

紅潮した顔をくしゃくしゃにして恍惚の彼方にゆき果てていく瑠依の顔を、有馬は興奮しきった険しい表情で見つめていた。

もはや恥ずかしいという感覚ももてないまま、瑠依は喜悦に身をよじり、体中の肉をビクビクッ、ビクビクッと痙攣させて、あとからあとからとめどもなくこみあげてくる肉の悦びを嚙みしめた。

5

射精を遂げたばかりの男根は生臭かった。

それに少し苦かったけれど、瑠依は必死に舌を伸ばして丁寧に舐めた。有馬が放出した白濁液と、自分が漏らした蜜を舌できれいに清めるためだった。それだけは絶対にするように、蛭田に厳命されていた。

尻の右側、丸みを帯びた丘が熱かった。バックスタイルで瑠依を突きあげていた有馬が、そこに膣外射精を果たしたからだった。

　それを拭うより先に、瑠依は四つん這いのまま彼のほうを向いてフェラチオを始めた。事後の男根など舐めたことはなかったので、きちんとできるかどうか不安だったが、それほどつらくもみじめでもなかった。

　この真珠入りの男根が与えてくれた、脳味噌が沸騰しそうなほどのオルガスムス——その余韻が、瑠依の体をまだ火照《ほて》らせていた。満足感と感謝がないまぜになった気持ちが、憎むべき男のペニスに愛おしさを覚えさせた。

　きれいに舐めおえると、有馬に肩を抱かれて横になった。しばらくそうしていた。十分くらいだろうか？　有馬がずっと押し黙っていたので、瑠依も口を開かなかった。有馬はどこか思いつめたような表情で、なにかを思案しているようだった。

「なあ……」

　不意に声をかけてきた。ひどく穏やかな声だった。蛭田が調合したという精力剤は飲んでいないのか、男根もちんまりした姿になっている。といっても、なにしろ真珠がいくつも埋めこまれているので、小さくなってもグロテスクだ。

「さっき言うてくれたよな？　うちは有馬さんのもんやて……」

　たしかに言ったので、瑠依はうなずいた。

「もう離さへん」

有馬が抱きしめてきた。強く、熱い抱擁だった。そうしたほうがいいような気がして、瑠依も有馬にしがみつく。

「最高やったで。わしもけっこう遊んできたが、こんなに抱き心地のええ女は初めてや」

「……おおきに」

「ただ……」

有馬は言葉を切り、たっぷりと間をとってから言った。

「日陰の女でええんか？」

「……どういう意味です？」

「わしはの、極道に家族はいらんいう主義なんや。いつパクられるかわからへんし、下手すりゃタマぁとられることもある。やくざは生命保険にも入れんしの。危ない橋を渡るとき、家族がいると足枷《あしかせ》になる思うとったからや……」

瑠依はぼんやりと有馬の顔を眺めていた。オルガスムスの余韻が濃厚すぎて、まだ頭がぼうっとしていた。なにが言いたいのかよくわからなかったが、彼にしては珍しい穏やかな声音は耳触りが悪くなかった。

「つまり、まだ独身なわけや。愛人もおらん。遊ぶのはもっぱら値札のついた女や。そのほうが情も移らんでええやろ思うてな……とにかくそういう主義やった……」

有馬は上体を起こすと、上からまっすぐに瑠依の顔を見つめてきた。

「せやけど、あんたを抱いたら、そんな主義、つまらん思うたわ。なあ……全部終わったら……伊佐木との抗争が一段落ついたら、わしと夫婦《めおと》になってくれへんか？」

「……えっ？」

瑠依はハッと眼を見開いた。

「竜虎会はまだまだおっきなる。二、三年したら、いまとは見違えるほどぶっとうなっとることは間違いあらへん。そこの若頭夫人なら文句ないやろ？」

瑠依は激しく動揺した。オルガスムスの余韻がすーっと冷めていき、正気を取り戻さずにはいられなかった。

「でっ、できません。昨日まで敵対組織の組長の妻やった女が、今日から若頭夫人なんて、そんな話聞いたことないです」

「根まわしならわしがするさかい、心配せんでええ。膝づめできちーっと話せばオヤジだってわかってくれるやろし、今回の一件で西侠連合もわしに一目置くはずや。極道にとって女は戦利品みたいなもんやろ。潰した組の組長夫人を寝とってなにが悪い」

「そない言われても……」

瑠依は言葉につまった。有馬が自分に執着しているのはわかっていたが、まさか嫁になれとまで言われるとは夢にも思っていなかった。

今回の抗争で伊佐木一家は若頭を含めて三名、有馬によればその三倍以上の数の死者を出している。源治はなんとか逃れたらしいが、西侠連合の暗殺部隊が血まなこになって捜しているはずで、見つかれば命はない。

そんな状況下で竜虎会の若頭夫人におさまるなんて、あり得ない話だろう。死んだ組員に申し訳が立たないどころか、死者に対する冒瀆《ぼうとく》だ。そして、生きのびた組員は裏切り者の烙《らく》印《いん》を押される。下手をすればカチコミの前から有馬とできていて、伊佐木一家を売ったとさえ思われかねない。

「なあ、ええやろ？」

有馬がギョロ眼を剝いて見つめてくる。

「わしの気持ちなら、ラウンジ時代から知っとったはずやないか。伊達《だて》や酔狂で金つこてたわけやあらへん。あんたのことが好きなんや……」

「むっ、無茶言わんといてください」

瑠依は震える声で、けれどもきっぱりと返した。

「うちのことを好いてくれてるなら、日陰の女にしといてけっこうです。愛人でも女中でも奴隷でも、なんでも好きにしたってください」

「わしは嫁になってほしいんや」

「そんなん無理や。無理に決まっとります」

「どうしてもか？」

「どうしてもです」

有馬が眉間に皺を寄せて睨んできたので、瑠依も睨み返した。反抗的な態度をとる気力なんてとっくの昔に潰《つい》えていたはずなのに、そうせずにはいられなかった。いくらなんでも、有馬の嫁になんてなれるわけがない。あとできつい折檻をされようが、それだけはどうしても譲れない。

「……ふうっ」

有馬は太い息を吐きだすと、ベッドからおりていった。冷蔵庫から缶ビールを取りだし、プルタブを開けて喉に流しこんだ。それからラークに火をつけ、天井に向けて大きく紫煙を吐きだす。

「どうしてもいやや言うなら、わしにも考えがあるで……」

先ほどまでの穏やかな声音が嘘のように、凄みを利かせて言った。男としての覚悟がひしひしと伝わってきて、瑠依の背筋には戦慄の悪寒が這いあがっていった。

「かましまへん」

こみあげてくる恐怖を呑みこみ、瑠依はきっぱりと答えた。男の覚悟には女の覚悟で応えるしかないだろう。

「なにをどう言われても、嫁になることだけはお断りです。有馬はんの好きにしたってください」

「ほうか……」

有馬は苦りきった顔でうなずくと、吸いさしの煙草をガラスの灰皿に押しつけた。それから電話の置かれたサイドテーブルに近づいていき、受話器を取る。

「……おう、蛭田。こっち来てくれるか」

叩きつけるように受話器を置くと、バスタオルを腰に巻いた。再びラークに火をつけ、それを吸いおわる前に扉がノックされた。

有馬が扉を開けると、黒いサングラスに黒いレザーの蛭田が姿を現した。後ろからついてきた香子は、小花柄のワンピースではなく、ホテルに備えつけてある臙脂《えんじ》色のバスローブを身にまとっていた。

きつーい折檻やな……。

瑠依は遠い眼で自嘲の薄笑いを浮かべた。胸の中には暗色の諦観がひろがっていった。これから始まる折檻は、いままで以上に厳しく、耐えがたいものになるだろう。予想はついたことだが、それでも瑠依には、有馬の嫁になるという選択肢はなかった。

「あんな……」

有馬はソファに腰をおろし、偉そうに両脚を投げだすと、蛭田を見て言った。

「味見は終わったさけぇ、こん女、わやくちゃにしたれ」

「はっ？」

蛭田は眉尻をさげた困惑顔になった。

「こんなに早く、味見が終わったんですか？　ボクはてっきり一晩中、姐さんとしっぽり……」

「もうえぇんや！」

有馬はふて腐れた顔で、蛭田の言葉を断ち切るように言った。

「はあ……それにしてもわやくちゃて……」

困惑しきりの蛭田を、有馬はギョロ眼を剥いて睨んだ。

「おどれ、さっき言うとったのう。こん女、ケツ掘らせ言うたらケツ掘らせるんやろ。わしにはそういう趣味はないさけぇ、おどれがこん女のケツ掘ったれ」

蛭田は一瞬、ポカンとしたが、

「いいんですか？」

次の瞬間、声をはずませた。

「いつでも有馬さんがケツ掘れるよう、姐さんのケツ穴は入念に開発しておきましたが……労せずして犯せるんですよ？」

「そやから！　わしにはそないな趣味ない言うとるやろ」

憮然《ぶぜん》として答える有馬とは対照的に、蛭田はいまにも踊りださんばかりだった。

「ククク、だったら、遠慮なく。有馬さんの気が変わらないうちに、ちゃちゃっとね……ありがとさぁーん……ありがとさぁーん……」

蛭田は吉本芸人の真似をしておどけたが、有馬は憮然としたままだったし、瑠依は寒気を覚えずにはいられなかった。真っ黒いサングラスをかけていても、彼の眼が好色に輝いていることがはっきりわかったからだった。

6

ついにこのときがやってきたか……。

瑠依は体中が小刻みに震えだすのをどうすることもできなかった。

浣腸とアナルマッサージ――このラブホテルに監禁されて以来、毎日のように繰り返されている儀式のようなものだった。なんなら、有馬が姿を現す前にもされたばかりで、蛭田からは有馬に肛門性交を求められたら絶対に断らないよう厳命されていた。

命まではとられなくても、自分の中で確実になにかが死ぬ。肛門性交なんて人間のすることではないし、しかもそれを人前でされるなんて……。

「お嬢ちゃんはこっちや。こっちに来て一緒に見ようやないか」

有馬に手招きされ、香子はおずおずとソファに腰をおろした。香子の顔は可哀相なくらいこわばり、身をすくめて怯えきっていた。

有馬は真珠入りのペニスこそ腰にバスタオルを巻いて隠しているが、上半身裸で背中の刺青を露わにしていた。やくざ者の禍々しさを剥きだしにしているのだから、香子が怯えるのも無理はなかった。実の妹がやくざ社会と関わることを極端に嫌っていた源治は、自分が背負っている刺青を香子に見せないよう、細心の注意を払って日々の生活を送っていた。

それに加え、蛭田と瑠依のセックスを見せつけられるという展開に、香子は心を乱しているに違いなかった。

瑠依のほうは、蛭田と香子のセックスを何度となく目撃していた。

目撃というか、見せつけられるのが折檻の一環だった。あの手この手で絶頂寸前まで高められてから放置され、熱いまぐわいを目の当たりにさせられるのは本当につらいものがあった。卑劣な色事師はセックスの腕前だけは一級品なので、二十五歳にしては幼げに見える香子もよくイッた。寸止め状態で放置されている瑠依はもどかしさにのたうちまわり、自分もイカせてほしいと涙を流して哀願しなければならなかった。

とはいえ、その逆はないのだ。

香子の前で、瑠依が蛭田に犯されたことは一度もない。

愛する男がこれから目の前で他の女とまぐわうという現実を、香子は受けとめきれないのだろう。蛭田の生業が色事師であり、自分もその片棒を担がされているとはいえ、小さな胸が張り裂けそうになっていることは容易に想像できた。

「さて、姐さんのケツ穴、きっちりいただきます」

全裸になった蛭田は、有馬に一礼してからベッドに近づいてきた。精力絶倫を誇る色事師のイチモツは、早くもきつく反り返っていた。彼の男性器には一見してわかる特徴があり、太さはないが驚くほど長い。

「まさか、こんな早くに姐さんを抱けるなんて、夢みたいですね……」

腰に手をあてた仁王立ちで、横座りになっている瑠依を見下ろしてくる。

「自分の仕込んだ女を自分で味見するのが、ボクみたいな人間にとっては最大のご褒美なんですけどね、今度ばかりは無理かと諦めてたんです。なにがあったか知りませんけど、有馬さんの心変わりに感謝、感謝……」

蛭田は女のように長い髪を掻きあげると、サングラスをはずした。瞳の色が黒や焦げ茶色ではなく、薄い琥珀《こはく》色だった。そのせいで爬虫類じみたヌメッとした顔の印象に、拍車がかかった。

「じゃあ、横になって」

蛭田が身を寄せてきたので、ふたりで体を横たえる。あお向けになっている瑠依に対し、蛭田は上体を少し起こし、顔をのぞきこんできた。サングラスを完全にはずした彼と対峙するのは初めてだったので、瑠依は身をすくめた。視線はもちろん、全身から発するオーラに圧倒され、金縛りに遭ったように動けなくなってしまった。

なんなんや……。

蛭田に凌辱されるのは初めてではなかった。自分を放棄したくなるほどの恥という恥をかかされた。調教という、人間相手に使ってはいけない言葉を掲げて瑠依からプライドを奪い、魂までも握り潰して、性感という性感を開発してきた。もうこれ以上かく恥などないと自分を励ましても、体の芯から震えが起こる。

調教のときは冷静を超えて冷徹でさえある蛭田が、獣のオスの欲望を琥珀色の瞳に宿していたからだろう。そういう彼と対峙したのは初めてだったので、蛇に見込まれた蛙のようになってしまったのである。

「……ぅんんっ！」

唇を奪われた。よく動く長い舌がすぐに瑠依の口の中に侵入してきて、口内を隈無く舐めまわされた。舌と舌をからめあうだけではなく、歯や歯茎まで念入りに舐めまわしてくるそのやり方は、親愛の情を示すキスとはあきらかに一線を画すものだった。

「ぅんあぁっ……ああああっ……」

息ができないほど深く濃い口づけに、瑠依はあえいだ。蛭田のキスには、おまえを俺のものにしてやる、という強烈なメッセージがこめられているようだった。

もちろん、相手が愛する男なら、女はそのメッセージを歓喜とともに受けとるだろう。しかし、蛭田は色事師であり、それも凄腕だ。女を骨抜きにすることしか考えていないから、ただひたすらに怖かった。初手のキスから翻弄されている瑠依をよそに、フェザータッチで耳や首筋をくすぐってきたり、そうかと思えば乳房をやわやわと揉みしだいてきたり、展開が早すぎる波状攻撃に為す術もない。

「あううっ！」

左の乳首を指で転がされ、瑠依は声をあげた。蛭田がいるのは右側だから、右の乳首には舌が襲いかかってくる。

「あぁあああーっ！　はぁああああーっ！」

左右の乳首は吸引器で肥大させられ、感度が高められていた。それを成した張本人であり、開発結果を熟知している色事師は、あえて微弱な動きでねちっこく刺激してくる。

吸ったり噛んだりしなくても、感度抜群の乳首は軽く舐められたり、唾液をつけた指で転がされるだけで、痛烈に感じてしまう。みるみるうちに硬く尖りきって、欲情に火をつけるトリガーとなる。色事師が剝きだしにした欲望に怯え、こわばっていた体を、淫らに向けて解き放っていく。

「はっ、はぁううううううーっ！」

唾液をまとった細長い指に女の割れ目をとらえられ、瑠依は喉を突きだしてのけぞった。

展開が早いのは蛭田が興奮しているせいだと思っていたが、考えてみれば瑠依は先立って有馬に犯されているのだ。体の奥底ではまだ、有馬に与えられたオルガスムスの余韻が熾火《おきび》のようにくすぶっている。

蛭田はそれを踏まえたうえで、先へ先へと愛撫を進めているようだった。焦らすのが得意な彼にしてはあわてているように見える展開も、実はきっちり計算ずくだったのである。興奮してなお手練手管は冴え渡り、女の反応を見極める眼に曇りはない。

そんな男に股間をまさぐられて、正気を保てるわけがなかった。唾液のヌメリを利用して割れ目を何度かなぞられただけで、瑠依の両脚は開いていった。もっと触ってとねだるように、あられもないM字開脚を披露してしまう。

「はっ、はぁうあああーっ！」

割れ目の上端にある肉芽に触れられると、体の芯に喜悦の電流が走り抜けていった。左右の乳首同様、クリトリスもまた吸引によって肥大化させられたので、感度が尋常ではなくっている。

「はぁうううーっ！　はぁううううーっ！　はぁううううーっ！」

ねちねち、ねちねち、と敏感な肉芽を撫で転がされるほどに、瑠依のあえぎ声は甲高くなっていった。

蛭田はもちろん、クリトリスだけを刺激してきたわけではなく、割れ目をなぞったり、花びらをつまんだり、緩急をつけた連続技で瑠依を追いこんできた。新鮮な蜜がどっとあふれてくれば、それを潤滑油にしてクリトリスをさらにしつこく撫で転がす。

そうしつつ、息がとまるような深いキスをしてきたり、乳首をもてあそんだり、色事師の波状攻撃はとどまるところを知らない勢いで、あっという間に瑠依の体を支配した。

あっ、あかん……こんなんあかん……。

有馬の真珠入りの男根も強烈だったが、蛭田のベッドテクはそれすらも色褪せさせた。なるほど、山芋や肥後ズイキを使ったりせず、一見ごく普通に見える愛撫でもここまで女体のツボを押さえられるのなら、おそらく処女だったであろう香子がごく短期間で淫乱じみてしまったのもうなずけるというものだ。

とはいえ、よけいなことを考えている場合ではなかった。

「くっ！　くぅうううううーっ！」

下腹に置かれた手のひらがぐーっと圧をかけてきたので、瑠依の息はとまった。と同時に、体中の肉という肉が勝手にビクビクと痙攣しはじめる。

蛭田は体の外側から子宮を刺激してきていた。あるいは子宮が下におりてきているかどうか確認したのかもしれないが、真珠入りの男根で何度も絶頂させられたあとなので、おりてきているに決まっていた。

蛭田は五秒ほど下腹に圧をかけると、すーっと力を抜いた。二、三秒休んで、またぐーっと圧をかけてくる。子宮イキの調教で繰り返された愛撫だった。圧をかけられるのも気持ちがいいが、力を抜かれる瞬間はもっと気持ちいい。深く濃い快感が、下腹を中心に全身に伝播していく。

「準備は整ってるみたいですね……」

蛭田がニヤリと笑いかけてくる。

「ぼちぼち、アナルヴァージンいただきますよ?」

「ううう っ……」

瑠依は眼を見開いて蛭田を見た。覚悟を決めていたつもりでも、「アナルヴァージン」という言葉が、どうしようもなく戦慄を誘う。まるで、これから人間性を奪ってやるぞと言われているようで、体の芯から震えが起こる。

「どうなんですか。返事しなさい」

琥珀色の眼でジロリと睨まれ、

「おっ、お願いします……」

瑠依は反射的に答えた。どれほどおぞましいことでも拒否する権利など与えられていないのが、メス奴隷という存在だった。拒否したところで折檻されるだけだし、どのみちアナルヴァージンは奪われる。ならば従順にすべてを受け入れたほうがいいというのが、この監禁生活で瑠依が得た唯一の教訓だった。

7

「よし」

蛭田は上体を起こすと、瑠依の両脚の間に移動した。

えっ？　と思った。瑠依はてっきり、アナルセックスはバックスタイルでするものだと思っていた。しかし体を裏返されることなく、蛭田は正常位の体勢のまま、瑠依の腰の下に枕を入れた。

「バックもいいけど、姐さんの綺麗な顔を拝みたいんでね」

蛭田は照れくさそうに言いながら、瑠依の肛門にローションを塗りたくってきた。少しヒヤッとしたが、いつものアナルマッサージで慣れていた。慣れていないのは、蛭田が自分の男根にもローションを塗る光景だった。ついに観念するときがやってきたのだ。

「力を抜きなさい……」

細長い男根の切っ先が、すぼまりにあてがわれた。

「怖くない、怖くない……毎日浣腸とマッサージをして、肛門は充分に拡張してありますから。力を抜けば痛くない……」

そう言われても、瑠依の裸身はこわばっていくばかりだった。いっそのこと、バックスタイルでわけのわからないうちにアナルヴァージンを奪われていたほうがよかったような気がした。

蛭田は瑠依の顔を見ながらしたいらしいが、瑠依は蛭田の顔など見たくなかった。顔を見られているのは、もっと嫌だった。もちろん、そんな本音を口に出すことはできず、深呼吸を繰り返してなんとか体から力を抜こうとした。

「いきますよ……」

琥珀色の瞳に欲情の炎を灯した蛭田が、腰を前に送りだしてくる。

「ぐっ……」

すぼまりをむりむりと押しひろげて、切っ先が入ってきた。違和感はあったが、痛みはなかった。ダメージは、肉体的なものより精神的なもののほうが大きかった。痛みがないとはいえ、いま犯されようとしているのは禁断の排泄器官だった。そんなところを貫かれようとしているのに、痛みがないことにむしろ傷つく。

こんなことなら、痛みに泣きわめくほうがまだよかった。泣きたくても泣けないつらさに胸を掻き乱され、自分がメス奴隷として調教されきっている現実を突きつけられる。

「むううっ……」

蛭田は亀頭の先っぽでくさびを打ちこむと、瑠依の両脚を高く掲げて肩で担いだ。屈曲位に移行して、さらにむりむりと男根を押しこんでくる。

「ぐぐっ……ぐぐぐっ……」

瑠依は歯を食いしばって苦悶にうめいた。痛みはなくても苦しくなってきたからだった。

まだ入るんか？　まだなんか？

蛭田の男根は細くても長いから、終わりがなかなか訪れなかった。これで全部かと思っても、まだ奥まで入ってくる。前の穴ならともかく、初めて貫かれる後ろの穴だと、異様な気分にならざるを得ない。

「ほほーう、締まる、締まるっ……根元が締まる……」

蛭田は言ったが、まだ全部ではないだろう、と瑠依は思った。実際、ピストン運動が始まると、さらに奥まで入ってきた。といっても、アヌスは性交するための器官ではないから注意深く扱わなければならないようだった。蛭田の腰使いは遠慮がちで、出し入れしているのはほんの一センチ幅くらいだった。

「ぐぐぅ……ぐぐううううーっ！」

瑠依は歯を食いしばって、苦悶をこらえることしかできなかった。ついに肛門性交までされてしまったショックにメンタルがやられ、快感なんてまったくこみあげてこなかった。やり方次第で気持ちよくなるのがアナルセックスだと蛭田は力説していたが、百戦錬磨の色事師をもってしても、瑠依を感じさせることはできなかった。

しかし……。

ただ耐えるだけの時間が続くのかと憂鬱になった瞬間、瑠依の体に異変が起こった。子宮が疼きはじめたのだ。子宮があるのは前の穴の奥のはずなのに……。

だが、考えてみれば外から下腹に圧をかけても、感じてしまうのが子宮だった。そうであるなら、中の薄い壁越しに子宮を刺激することもできるはずで、蛭田の狙いもそこにあるような気がしてきた。

激しいピストン運動を送りこんでこないのはなにも、瑠依の肛門を気遣っているからだけではなく、隣の穴の奥にある子宮を、直腸側から刺激しようという目論見によるのかもしれない。

「あっ、あおおおおっ……あおおおおおっ……」

いったん子宮を意識してしまうと、瑠依の全身から発情の汗がどっと噴きだした。源治との夫婦生活で子宮を意識したことなどなく、となると当然、子宮イキの快感も知らなかった。蛭田に調教されなければ生涯知らなかったであろう、色事師の秘技だった。

「ほら？　ほら？」

憎たらしいくらい丁寧に腰を動かしながら、蛭田が声をかけてきた。口許に下卑た薄笑いを浮かべていたが、眼は笑っていなかった。

「そろそろ気持ちよくなってきましたか？」

「ううっ！」

瑠依はあわてて首を横に振った。蛭田は女の反応を決して見誤らないから、彼の指摘はあたっているのかもしれなかった。しかし、だからといって肛門性交で感じていることを認めることはできなかった。認めてしまえば、変態性欲者の仲間入りをしてしまうという恐怖が心を軋ませた。

とはいえ、事態は悪いほうへ悪いほうへと転がっていくばかりだった。肛門側からこすられる子宮への刺激は、前の穴でされるよりずっと微弱だったけれど、一度意識してしまうと疼きだすまでに時間はかからなかった。三十五歳になるまで知らなかった、子宮イキの記憶が後押しした。

いくら考えないようにしようとしても無駄だった。子宮イキの衝撃的な快感を、体が覚えていた。

さらに、子宮が疼きだすと、刺激されているわけでもないクリトリスや肉穴までが疼きだした。女の性感帯はすべてが連動しているらしく、快感が飛び火してやがて一体化し、紅蓮の炎となって瑠依を燃え狂わせはじめる。

「ああっ、いやっ……あああっ、いやああああっ……」

屈曲位で押さえこまれながら、瑠依はちぎれんばかりに首を振った。真っ赤になった顔を脂汗で濡れ光らせながら、禁断の快感に翻弄された。子宮イキを知らないころなら、アナルセックスで絶頂に達することもなかっただろうが、瑠依はすっかり調教されていた。こみあげてくる快感を意思の力で抑えこむことなどできるはずもなく、体は絶頂を求めて悲鳴をあげはじめる。

「よく見ていてくださいよ、有馬さん！　この女、ケツ穴掘られてイキますよ！」

蛭田が勝ち誇った声をあげ、

「ああっ、いややっ！　イカせんでっ！　イカせんといてええええーっ！」

瑠依は涙に潤んだ声をあげた。

「イキなさい！　遠慮しないでケツ穴でイキなさい！　姐さんがイッたら、ボクもケツ穴の中に思いきり精子ぶちまけます！」

「いややっ！　いややああああーっ！」

いくら泣いても叫んでも、結末が変わらないことは瑠依にだってわかっていた。それでも叫ばずにはいられない。色事師にアヌスを犯されて人間性を奪われるだけではなく、絶頂にまで達してしまえば変態性欲者まで真っ逆さまに堕ちていく。

そのとき、

「どんだけスケベやねん！」

すぐ側で女の金切り声がした。ソファに座っていたはずの香子が、ベッドのすぐ近くまでやってきていた。

「いやらし！　いやらし！　いったいどこまで生き恥さらしたら気がすむん！　我慢せえ！　イクのだけは死んでも我慢しぃ！」

ヒステリックにわめき散らす香子は、嫉妬に狂った女そのものだった。生まれて初めて結ばれた男が他の女を抱いているのを見て、それも自分とはしたことがないアブノーマルな肛門性交に没頭していることにショックを受け、いても立ってもいられなくなったらしい。

うちかて、好きでこないなことされとるんと違う……。

瑠依は香子に言ってやりたかったが、できなかった。

「あ、あかんっ……もうあかんっ……もう我慢できひんっ……」

迫りくる恍惚の予兆に、よけいなことはなにも考えられなくなったからだった。

「姐さん、イッちゃいなさい。ケツ穴で思いきりイケ！」

「ああぁっ、イッてまうっ……瑠依、イッてまうわっ……おっ、お尻でっ……お尻の穴を犯されてイッてまうっ……イクイクイクイクッ！　はぁおおおおおーっ！　はぁおおおおおおおおーっ！」

獣じみた野太い声をあげて、瑠依はオルガスムスに達した。

絶望にまみれながらも、オルガスムスの快感だけは瑠依を裏切らなかった。

イッた瞬間、頭の中が真っ白になり、ただ喜悦に打ち震えるだけの一塊の肉となった。過去もなく、未来もなく、自分が誰かもわからなくなった状態で、ひいひいと喉を絞ってよがり泣き、白眼を剝きながら禁断の快感をむさぼり抜いた。

第五章　女の花道

1

一カ月後——。

瑠依は拉致監禁されてから初めて、ラブホテルの外に連れだされた。大型セダンの後部座席に押しこまれ、おろされたのは見知らぬ街の盛り場だった。

大阪に移り住んで十五年とはいえ、瑠依はミナミ以外の街をよく知らない。ましてやそこは、ピンクサロン、ファッションヘルス、のぞき部屋といった格安風俗店ばかりが林立している、猥褻《わいせつ》感たっぷりなピンクゾーンだった。金を稼ぎにやってくる以外の女は、絶対に寄りつかないような場所である。

「そっちです」

蛭田にうながされて、薄汚い立ち飲み屋がびっしりと並んでいる狭い路地を進み、そのどんつきにストリップ劇場があった。

俗に「ＯＳ」と呼ばれる大阪ストリップは、どぎつく過激なことで知られ、昭和五十年代まで栄華を極めていた。しかし、大幅改正された風営法が昭和六十年に施行されると、警察の取締りが強化され、ストリップ劇場は全国的に衰退の一途を辿っていく。

もちろん、そんなことは瑠依には関係のない話であり、伊佐木一家のシノギにもストリップに関わるものはなかった。摘発のニュースに接するたび、いずれ消えていく運命だろうと同情を寄せる程度にしか興味がなかったのだが、今日はこれから、ステージに立つ。

一カ月前――。

「あああっ……あああああっ……」

肛門の奥に熱いザーメンを注ぎこまれた瑠依は、蛭田が男根を引き抜くとベッドにうつ伏せで倒れこんだ。すぐ側では、香子が怒りの形相で体を震わせており、さらに有馬がパチパチと手を叩きながら近づいてきた。まるでスタンディングオベーションをするように、満面の笑みを浮かべて……。

「ごっつええ見せ物やあれへんか。感動したで。人がオメコしとるの見て感動したんは、白黒ショーを見て以来や」

「白黒ショー？　ずいぶん古い話ですね……」

蛭田が苦笑する。まだハアハアと息がはずんでいる。

「まあな。わしが若い時分の話や」

「ステージ上で生ハメするんですよね？　ストリップ劇場で」

「そや。当時は珍しかったからぎょうさん客が入っててな。かぶりつきの席を取りおうてどつきあいが始まったりして、ほんまごっつい熱気やったで」

「もう廃れる一方ですけどねぇ。風営法のおかげで。白黒ショーなんてやった日には、摘発されて小屋潰されるんじゃないですか」

「それやねん」

有馬はにわかに眼を輝かせた。

「われのえげつないケツ掘り見てたら、閃いたんや」

「なにをです？」

「昔ながらのどぎついストリップを復活させたら、おもろそうやないか。白黒ショーあり、なんやったら本番まな板ショーもありでよ」

「摘発されますよ」

「されんわい。ストリップ劇場借りきって、一夜限りの復活やからな。知りあいに支配人がおるから、なんとかなるやろ。ほんで、招待客以外はいっさい入れんのや」

「それなら、まあ……」

「伊佐木との抗争じゃ、西侠連合には世話になったからのう。幹部御一行様を招待して、労をねぎらおうっちゅう寸法や」

「読めましたよ、有馬さんの腹。ほんとに悪い人ですねえ。白黒ショーのステージに登場する踊り子は、抗争相手の組長の妻、というわけですか」

「察しがええがな」

瑠依がハッと息を呑んだのをよそに、有馬と蛭田は眼を見合わせて笑った。

「招待するんは西侠連合だけやない。街金やら不動産やら土建屋やら、竜虎会のスポンサー筋にも大々的に声かけてな。年かさの爺さんほど、昔ながらのどぎつい大阪ストリップに郷愁抱いとるもんや。拍手喝采、間違いなしやで」

「いいですねぇ……」

蛭田は意味ありげに眼を細めた。

「でも、いいんですか？　踊り子さんは姐さんひとりで。せっかくのステージ、それだとちょっと淋しくないですかねぇ……」

「ここにもうひとりおるがな」

有馬に双肩をつかまれ、香子はビクッとした。

「片や源治の恋女房、片や源治の可愛い妹……どや？　伊佐木一家壊滅の祝杯をあげるのに、これ以上のキャスティングはないやろがい？」

「さすが有馬さん」

蛭田がククッと喉を鳴らして笑ったので、

「うっ、嘘やろ……」

香子は声を震わせて、すがるような眼を蛭田に向けた。

「うちのこと裏切るんか？　うち、蛭ちゃんの女にしてくれたんと違うんか？」

「たしかにボクの女だったね、いままで。有馬さんが名案を閃くまでは……」

「ふざけんといて」

「ここのところ一緒にいすぎて、飽きたんだよね。おまえみたいな小娘の面倒見るの、もううんざりなんだよ」

「気ぃつけたほうがええでぇ……」

有馬が香子の双肩をポンポンと叩く。

「蛭田は飽きた女にひゃっこいからな。いままでにもソープに沈められた女が何人おるか。

あんたみたいなややこし立場やと、沖縄のちょんの間《ま》あたりまで飛ばされるで」

「やめてくださいよ、人聞きの悪い」

蛭田はヘラヘラ笑っている。

「その子には世話になったから、海外旅行にでも連れてこうかと思ってたんですから。蛭田観光の海外旅行は豪勢ですよう。オマンコやり放題、クスリ打ち放題、滞在期間、死ぬまで」

香子の顔色は、もう真っ青だ。

「それに比べたらストリッパーするほうがずっとマシでしょう。大阪にいられるわけだし」

「ほなら、早速こん子の味見させてもらおかな……」

有馬がバスローブを双肩からずりさげると、香子の控えめな双乳が露わになった。

「いっ、いややーっ！　いややあああーっ！」

香子が悲鳴をあげジタバタと暴れだす。

「蛭ちゃん、ひどい！　うち、蛭ちゃんが結婚してくれる言うから、大好きなお兄ちゃんを裏切ったんやで。それやのに……それやのに……結婚の約束守ってやっ！」

「忘れたな」

蛭田は軽やかに身を躍らせてベッドからおりると、ロープをつかんで香子に迫った。縛りあげるつもりらしい。

「ちょう待ちぃ！」

瑠依は黙っていられず、ベッドからおりて蛭田の前に立ちふさがった。

「うちはもうどうなってもええ。焼いて食うなり煮て食うなり、好きにしたらええわ。せやけど香子ちゃんは……香子ちゃんは許したって……」

瑠依にしても、香子に裏切られて罠に嵌《は》められた。口汚く罵られもしたし、屈辱的な目にも遭わされた。けれどもそれは、卑劣な色事師の狡猾な洗脳によるものなのだ。世間知らずであるがゆえ、甘い言葉に乗ってしまった香子を責めるのは酷だった。年若く、未来のある二十五歳を、自分と同じ底なし沼に落とすわけにはいかない。

「なあ蛭田さん。あんたにも少しは人の心が残っとるやろ。あんたに協力した香子ちゃんを、こんな形で裏切ったら寝覚めが悪ぅなるんちゃうん。ストリップでもなんでも、うちがやったる。やったるから……」

「黙れ」

蛭田の非情な拳がみぞおちに叩きこまれ、瑠依の息はとまった。悶絶しながら体を真っ二つに折って、膝から崩れ落ちなければならなかった。

監禁生活は延長され、翌日からストリッパーとしての特訓が始まった。

元ストリッパーだという五十代の女がふたり、ラブホテルの部屋に呼ばれ、瑠依たちはストリップのイロハを叩きこまれることになったのである。

瑠依は驚いた。有馬と蛭田のやりとりを聞いて想像していたのは、何十人もの観客の前で裸になるということだけだった。それはそれで死にたくなるほどの恥辱を味わわされるだろうけれど、本職のストリッパーと同じことをやれと言われると、恥辱はいったん置いておかなければならなくなるほど焦った。

舞台の構成、メイクと衣装、そしてダンス——ストリップなんて見たことがない同性の瑠依にとって、すべてが未知の世界だった。

「壁が鏡やからちょうどええやろ。ちょっとしたダンススタジオや」

音楽に合わせてダンスの練習をしている瑠依と香子を見て、有馬が笑った。たしかに鏡があってありがたかったけれど、瑠依はとても笑えなかった。

運動神経はいいほうでもダンスの素養などなかったし、三十五歳にもなって腰を振って踊ることに抵抗があった。ディスコ通いに精を出すのなんて、十代後半から二十代前半の若い女の特権だろうと思っていたからである。

コーチに通ってきた元ストリッパーは、テルミとミチコという名前だった。どうせ本名ではないだろうし、そもそもやくざが監禁している女にストリップを教えにくるなんてろくな人間ではないと思うが、かつてはそれなりに名の知れた踊り子だったらしい。

「わてらが現役のころのストリップいうたら、そらもうすさまじい人気やったんやで。劇場に毎日行列ができてなぁ、押すな押すなや」

とテルミが言えば、

「ＯＳは過激やから、日本全国どこ行っても眼ぇつけられてな。うちなんて、なんべん警察に引っ張られたかようわからん。懲役逃れただけでラッキーいう感じやったわ」

とミチコが笑う。

瑠依は往年のストリップ事情になんてこれっぽっちも興味がなかったが、彼女たちと知りあえた幸運を、のちに噛みしめることになる。彼女たちが口にしたのは自慢話だけではなく、瑠依が喉から手が出るほど欲しかった情報をもたらしてくれた。

そして、ストリップの練習は踊りながら服を脱ぎ、裸になっていくことばかりではなかった。

ステージ上でセックスを披露することを、ストリップ業界では白黒ショーと呼ぶらしい。有馬の目的は源治の妻や妹を辱めることだから、ダンスなど余興に過ぎず、そちらのほうがメインイベントなのである。

白黒ショーの構成と演出は、色事師の蛭田が嬉々として引き受けた。どういうわけかやたらとやる気を見せ、こちらはこちらで涙が出るほど厳しい特訓を受けなければならなかった。本当に、涙が涸《か》れるほど日に何度も泣いていた。

ただ、よかったこともひとつだけある。

瑠依と香子の関係が、急激に接近したのである。

香子の中にあるわだかまりがどこまで解けたのか、正確なところはわからない。しかし、ふたり揃って地獄に堕とされた身となれば、お互いに支えあうしか正気を保つ道はなかった。涙を流しながら抱きあって、励ましあう相手が必要だった。

とくに、兄を裏切り、恋人に裏切られた香子は孤独だった。あれだけのことをしておきながら瑠依に甘えたがったし、瑠依もそれを許した。

「香子ちゃん、気ぃ張って頑張らなあかんで。いまは死ぬほどつらくても、うちがそのうちなんとかしたる。香子ちゃんだけでもここから出られるようにしたるから、それまでは歯ぁ食いしばって辛抱しいや。未来に希望をもって乗りきるんや。わかるな？」

瑠依がそう言って励ますと、香子は泣きながら何度も何度もうなずいた。彼女が未来に希望などもっていないことだけが伝わってくる、諦観まみれのうなずき方だった。

なるほど、普通に考えれば未来は暗色の絶望に塗りつぶされている。

ふたりはもうロープで拘束されていないが、かわりに竜虎会の若い衆が廊下に立っているようになった。もはやこのフロアは竜虎会の貸切状態であり、部屋を移動するときも一般客と顔を合わせることはないと告げられた。

脱出することは不可能だし、交渉なんてもっと無理だろう。警察は伊佐木一家の組事務所爆破事件についてまだ捜査を続けているはずだし、となると、瑠依や香子を自由にして警察にでも駆けこまれたら大変なことになるのである。

だが、瑠依には秘策があった。

未来に希望の光をあてる秘策である。

香子に言ったのは、なまぐさ坊主の念仏じみた根拠のない励ましではなかった。その場しのぎの嘘ではなく、それなりの確信をもって口にしていたのである。

2

楽屋に通された。

「本番は午後五時からでいま三時ですが、のんびりしてる暇はないですよ。五分ほど小休止したら、すぐにリハーサルです。キミらは段取りがわかってるでしょうけど、照明さんや音声さんにタイミング合わせてもらわないと。リハが終わったら、衣装着けてメイクして、美容師さん呼んでますから、髪を綺麗にしてもらって。それが終わるのがだいたい四時半くらいの予定です。ただし！　髪結いで手間取って遅れる可能性は充分に考えられます。だから、なるべくリハはちゃっちゃと。気合い入れてくださいよ」

蛭田は早口でまくし立てると、楽屋から出ていった。すっかり演出家気取りだと、瑠依は胸底で失笑をもらした。

ストリップ劇場の楽屋は「化粧前」と呼ばれるらしい。畳敷きの部屋に化粧台がずらりと並び、その前の一畳ほどのスペースが踊り子それぞれが自由に使える空間となるからだ。夜はそこに布団を敷き、並んで寝るらしい。

いかにも窮屈な感じがするが、稼ぐためによそからやってきているのだから、ホテル代なんて使いたくないのだろう。炊事場に行けば朝昼晩の食事が用意されているというのも、節約の観点からに違いない。日本全国から集まった踊り子は、そういう合宿じみた共同生活を十日間ほど送って、また全国に散らばっていく。

だがもちろん、竜虎会が劇場を貸切にしている今日に限っては、化粧前も広々としていた。普段の出演者は五、六名だが、いまは瑠依と香子のふたりしかいない。

「なんかしんど……」

香子がへたりこんで畳に腰をおろす。

「まだなんもしてへんのに、疲れきっとるわ……」

「昨日まで根つめて練習しとったからな……」

瑠依は立ったまま溜息まじりに言った。

「本職の踊り子でもないのに、なんであんなダンスの練習せなならんのよ。蛭田の凝り性もたまらんわ……」

「ほんまや」

ふたりして、乾いた笑みをこぼす。

「それもまあ、今日までのことや。ちゃっちゃと終わらせて、はよ帰ろ」

「あのラブホテルに？」

香子の口調が尖ったので、瑠依は言葉を返せなくなった。

「この部屋、空気澱《よど》んでんな。窓開けよか……」

窓辺に向かい、ワイヤー入りのガラス戸を開ける。化粧前は一階にあり、すぐ目の前が隣家のブロック塀だった。窓の位置より高いところまであるから、これでは化粧前の陽当たりはゼロだ。風通しも悪そうだし、梅雨の時期などは湿気がこもって踊り子さんも難儀しているのではないだろうか？

とはいえ……。

瑠依にとっては悪くない条件だった。窓とブロック塀の距離は、五〇センチ強といったところか。狭いことは狭いが、前を向いて走れない幅ではない。化粧前が二階ではなく一階というのも好都合だった。

ド素人の瑠依と香子にストリップのイロハを叩きこんでくれたテルミとミチコは、つごう十回ほどラブホテルの部屋に指導に来てくれた。ふたりが来ると、好きな店屋物《てんやもの》をとっていいと言われていたので、練習のあとに四人で食事をするのが恒例だった。

テルミもミチコもやたらとおしゃべりで、話題は現役のストリッパー時代のことがほとんどだった。自慢話には辟易《へきえき》しても、聞き捨てならない話題もあった。

「昔の踊り子にはな、例外なくヒモがついとったんや。荷物運び兼、用心棒兼、精神安定剤みたいなもんで……」

「精神不安定にさす男も多かったけどな」

「昔の化粧前はヒモが入れたからな。いつも三、四人たむろして、花札めくったり、チンチロリンしたり……」

「仲間内で博打しとんのはまだいいほうやで。パチンコ行くいうて金せびられたり、馬券買ういうて財布持ってかれたり、たまらん男もようさんおったさかい」

「ええところもあったやないの」

「ガサ入れのときな。どんなうつけなヒモでも、わてらを先に逃がしてくれるんよ」

「昔はいまより摘発多かったし、おまわりもそりゃまあえげつなくて……」

「脱出ルート確保しとくのもヒモの務めやってん」

「ちゅうか、気の利いた劇場ならたいてい化粧前の窓から逃げられるんや」

「そやな」

「外で張っとるおまわりもいてるから、裏かいたろ思て路地裏をぐるぐるまわったりしてな」

「通りに出て、おまわりがおらんかったときの解放感ったらなかったで」

「いてたら最後やけどな。まさに天国と地獄や」

その話を聞いて以来、瑠依の胸には希望の光が灯った。ラブホテルからの脱出は不可能でも、ストリップ劇場からなら脱出できるのではないかと……。

もちろん、有馬や蛭田はどこのストリップ劇場に行くのか教えてくれなかったし、教えてもらったところで、そこが「気の利いた劇場」かどうかなんて瑠依にわかろうはずもない。

それでも、千載一遇の脱出チャンスに期待せずにはいられなかった。覚悟を決めると、秘密裏に細々とした準備を進めた。

絶対逃げだしたる……。

窓から身を乗りだして様子をうかがった。右も左も建物に遮られて、その先がどうなっているのかわからない。ただ、あたりは小さな建物が密集しているようだし、建物と建物の間は、狭くてもぎりぎり通り抜けられるはずだ。ドブネズミよろしく泥だらけになってもいいから、すり抜けてすり抜けて通りに出たらタクシーを捕まえればいい。

問題は……。

いつ脱出を決行するかだった。いますぐ窓から飛びだしたいという、衝動がこみあげてくる。いま逃げてしまえばストリッパーの真似事なんてしなくてすむし、ガサ入れがあったわけではないのだから通りに出たところで警察官の待ち伏せに遭うこともないだろう。

ただ、VIP客を集めてどぎついストリップショーをするつもりが、女に逃げられて中止ということになったら、竜虎会のメンツは丸潰れである。やくざはメンツをなにより大切にする生き物だ。たとえこの場から逃げられたとしても、血まなこになって捜しにくることは容易に想像できる。

それはうまくない。

外はまだ明るいし、夜闇にまぎれることもできない。

となるとやはり、脱出を決行するのは、ショーが終わってからのほうがよさそうだった。

すべてが終わって主催者がホッとしている隙をつくのだ。トイレに行くふりでもすれば、五分や十分の時間は稼げる。開演前のピリピリした状況では、監視の眼も厳しいだろうが、終わってしまえば気がゆるむから、チャンスは絶対にあるはずだ。五分や十分あれば、通りに出てタクシーを捕まえられる。

チャンスは一回きり。失敗したら、しまいや……。

そういう意味でも、あわてず急がずが賢明な判断だった。一か八かの大勝負なら、少しでも成功の可能性が高いほうに賭けたほうがいい。

「なあ、瑠依さん……」

香子が声をかけてきた。

「うちらこれから、いったいどうなるんやろね？」

その声があまりにも弱々しく、憐れに聞こえたので、瑠依は窓を閉めて、香子の隣に腰をおろした。小刻みに震えている小さな体を、ぎゅっと抱きしめてやった。

「考えてもしゃあないこと、考えるのはよしましょ。神さんはそんなに薄情でもないやろ。そのうちきっとええことあるで」

ストリップ劇場からの逃亡計画を、瑠依は香子に明かしていなかった。明かすのは決行直前でいい。香子は狡猾なタイプではないし、情緒も安定していないから、先に話せばどこかできっとボロを出す。

うちらがこれからどうなるんかって……。

そんなことは、瑠依だって考えたくはなかった。あらためて考えたりしなくても想像はつく。

有馬の目的は第一に、瑠依を辱めることだろう。求婚を袖にした聞き分けのない女を徹底的にいたぶり抜いて、後悔させてやりたいという、嫉妬男の執念深さを感じる。

ただ、それはあくまで出発点であり、ストリップ劇場を借りきってＶＩＰを招待することを思いつき、準備を進めていく中で、金儲けにテーマは傾いていったはずだった。大阪のやくざは基本的にリアリストなのだ。女を辱めてやりたいという衝動が、気がつけば、どうせならついでにそれで金儲けしたいという方向に転じていく。

これからステージでストリッパーの真似事をさせられるのは、要するに顔見せなのだろう。あの女を抱きたいというＶＩＰがいれば、金次第でどこへでも連れていかれる。顔見せゆえに、ダンスの練習もやらされたし、衣装やメイク、照明や音声にもこだわるのだ。そうやって価値をあげておいて、今度はストリッパーの真似事ではなく、娼婦の真似事をやらされるわけである。

最悪だった。

世間知らずな香子はまだそのことに気づいていないようだが、瑠依にしても不穏な未来予想図を口にするつもりはない。不確定な未来を考えて身震いしているより、覚悟を決めて逃げだすのだ。

「おーい、そろそろリハーサル始めるぞー」

扉の外から蛭田が声をかけてきたので、瑠依と香子は立ちあがった。

3

舞台袖にある時計が午後五時を指した。開演の時間である。

客席の照明が落ち、音楽が鳴り響いた。軽やかで優雅なボサノヴァだ。似合っているとは言い難い黒のタキシードを着こんだ蛭田が舞台袖から出ていき、マイクを持って挨拶する。

「本日はご来場いただきまして、誠にありがとうございます。まずは踊り子さんのダンスをごゆるりとお楽しみください。カモーン！　ルイ・イサキー」

名前を呼ばれ、瑠依はステージに飛びだした。音楽に合わせてステップを踏み、両手をあげてくるりとターンをすれば、真っ赤なドレスの裾が大きくひろがる。ハイヒールも赤なら、マニキュアも赤で、顔を隠しているヴェネチアンマスクまで同じ色だ。

仮面舞踏会ふうのヴェネチアンマスクを着用するという趣向は、有馬の発案によるものだった。ステージ上の瑠依だけではなく、客席にいる三十人ほどの男たちもまた、同じように顔を隠している。というか、客席の男たちがマスクをしているので、瑠依も合わせていると言ったほうが正確か。

「やくざはともかくやな、招待客の中には堅気の経営者も多いんや。顔隠しとかんと、羽目はずすこともできひんやろ」

というのが有馬の見解だったが、客席の数十人が揃ってヴェネチアンマスクをしている光景は異様な妖しさで、悪い遊びをしているという雰囲気がすごい。

音楽は続いている。瑠依がステップを踏み、ターンを決めると、

「カモーン、レッツダンス！　コウコ・イサキー」

マイクを持った蛭田がノリノリで叫び、ステージに香子が姿を現した。彼女はドレスもマスクもハイヒールも、黄色に統一されている。

ふたりで呼吸を合わせ、踊った。瑠依の心臓はにわかに早鐘を打ちはじめた。ダンスなら嫌というほど練習させられたので、どうということはなかった。慣れてくるとあんがい楽しいとさえ思ったものだが、ここから先は普通のダンスではない。

瑠依が香子に背中を向けると、首の後ろのホックをはずされ、ファスナーをさげられた。

香子が背中を向けると、瑠依が同じことをした。

音楽がエンディングに向かって高まっていく中、ふたり揃って正面を向く。こちらを照らしている照明がひどくまぶしかったが、眼を細めたり下を向いてはならないというのが、テルミとミチコの教えだった。

瑠依はその教えを忠実に守りながら、ごくりと生唾を呑みこんだ。音楽が終わるタイミングに合わせてドレスを床に落とすと、客席からどよめきが起こった。

瑠依も香子も、白い下着を着けていた。飾り気のない純白のカップがふたつの胸のふくらみを包み、こちらもまた、飾り気のない白いパンティが股間にぴっちりと食いこんでいる。瑠依は三十五歳にもなってそんな下着を着けたくなかった。涙が出そうなほど格好悪かったが、「そのほうがステージ映えするし、男ウケもええんやで」とテルミとミチコに言われると、抗うことはできなかった。

二曲目の音楽が鳴りはじめた。今度はムーディなバラードだ。

瑠依と香子は向き合うと、チークダンスを踊りはじめた。瑠依が香子の腰を抱き、彼女の両手はこちらの首にまわっている。バリトンヴォイスのヴォーカルが朗々と歌いあげるメロディに乗って、素肌と素肌を密着させ、頬と頬を合わせる。

サビになると、見つめあってキスをした。同性同士のキスなんて嫌悪感しかなかった。何十回練習させられてもそうだったが、香子はうっとりした眼で瑠依の舌をしゃぶってきた。瑠依もまた、似たような表情をしていたかもしれない。

ステージの上でするキスは、練習のときのそれとはまるで感覚が違ったからだ。まぶしい照明や高鳴る音楽に酔っていたし、なにより客席からの視線が熱い。

座っている男たちの年齢層は高かった。無闇に騒ぎ立てるチンピラの類いはいなかったから一見落ちついて見えるけれど、瑠依と香子が唇を重ねた瞬間、半分くらいが身を乗りだした。お互いがお互いのブラジャーを取り、パンティを脱がせあうと、ほとんど全員が身を乗りだしてきた。

瑠依と香子は裸身を密着させて、チークダンスを踊りつづけた。剝きだしになっている乳房や股間が心許ないから、抱擁に力がこもっていく。お互いがお互いにしがみついているような感じだったが、そんなことをしたところで、恥をかくタイミングがほんのちょっと遅くなるだけだった。

ムーディなバラードがフェイドアウトしていくと、三曲目のユーロビートが始まった。ディスコで流行っているというノリのいい曲だったが、瑠依も香子もヴェネチアンマスクの下で限界まで顔をこわばらせていた。

三曲目では、いよいよ本格的に恥をかかなければならないからである。

まずはお互いのヴェネチアンマスクを取りあった。素顔をさらすのは、下着を取るより恥ずかしく、カアッと顔が熱くなる。ステージ用にメイクをかなり濃くしていたが、まるで救いになってくれない。

客席がやたらとどよめいている。招待客が金持ちの経営者を中心としているなら、ラウンジの客がいてもおかしくなかった。店では手も握らせなかったミナミの宝石の、生まれたままの姿を拝んでいると思われたらつらすぎる。

黒い頭巾を被った黒子姿の竜虎会の若い衆ふたりが、ステージに分厚いマットレスを運びこんできた。

瑠依と香子はユーロビートに合わせて腰を振りつつ、マットの上にあがった。客席を向いて体育座りで腰をおろした瑠依の背後に、香子が身を寄せてくる。後ろから両膝をつかみ、ゆっくりと左右にひろげていった。陰毛をきれいに剃りあげられた真っ白い股間が、あられもなくさらけだされていく。

「ああぁっ……」

瑠依のもらした痛切な悲鳴は、甘ったるいユーロビートに力なく溶けていった。ストリッパーが客席に向けて両脚を開くのは、ストリップティーズのハイライトである。顔もしっかりと客席に向けておかなければならないとテルミとミチコに念を押されたが、瑠依はたまらず顔をそむけた。

客席の照明は落ちているのに、男たちの視線がギラついているのがはっきりわかった。ヴェネチアンマスクをしているせいで、よけいにそう感じたのかもしれない。金や銀や原色のマスクは、暗闇の中でもそこだけが浮きあがって見える。

「ごっ、ごめんね、瑠依さん……」

背後にいる香子が瑠依の耳元で声を震わせながら、右手を股間に伸ばしてきた。人差し指と中指を割れ目の両脇にあてがい、逆Vの字にぐいっと開く。

「あああぁっ……」

女の恥部を奥の奥までさらけだされ、瑠依は気が遠くなりそうになった。蛭田に指示された段取り通りとはいえ、普通の神経ならこんな屈辱にとても耐えられなかっただろう。だが瑠依は、あらかじめプライドを奪われていた。魂までも握り潰されるような過酷な経験を、嫌というほど積まされてきた。

羞恥や屈辱への耐性ができたかわりに、体が敏感になっていた。そのせいか、客席にいる男たちの熱い視線を、異様に生々しく感じとることができた。スポットライトがあたっているから、薄桃色の粘膜の色艶までうかがえるはずだった。視線を感じれば感じるほど、ぱっくりと開かれた割れ目の奥が熱く疼いた。息づくようにひくひくとうごめいては、新鮮な蜜をじわっとあふれさせていく。

「あああっ……くうぅううう━っ！」

首に筋を浮かべてうめいてしまったのは、香子の指が動きだしたからだった。逆Vサインを閉じたり開いたりして、義姉の陰部を刺激しはじめる。

刺激そのものは微弱だし、同性による愛撫だった。普通なら感じることなどないはずなのに、どうしようもなく感じてしまう。この異常なシチュエーションが、蛭田に調教されきった体に火をつける。

「はっ、はぁううううう━っ！」

喉を突きだして甲高い悲鳴を放った。香子の右手の中指が、割れ目の間をいじりはじめたからだった。同性の愛撫はおぞましいが、的確でもあった。ぴちゃぴちゃと猫がミルクを舐めるような音が、体の内側に反響した。

蜜をまとった中指が、ぬるりっ、ぬるりっ、と下から上に割れ目をなぞってきた。となると、最後に触れるのは花びらの合わせ目の上端だ。蛭田によって肥大化させられ、感度が倍増したクリトリスが、そこにはある。ちょっと触れられただけで、飛びあがりそうなほどの衝撃が訪れ、瑠依は尻尾を踏まれた猫のような悲鳴をあげた。

「瑠依さん、後ろに……」

香子にうながされ、瑠依はハアハアと息をはずませながらあお向けに倒れた。両脚は客席に向けてひろげたままだった。香子がおずおずと上に乗ってきた。前後逆向きでの四つん這い——シックスナインの体勢である。

「あうううううーっ！」

つるつるした女の舌でクリトリスを舐められ、瑠依は身をよじった。しかし、目の前には香子の小さなヒップが突きだされている。自分ばかりが感じるわけにはいかないと、尻の双丘を両手でつかんで桃割れをぐいっとひろげた。恥ずかしげに顔をのぞかせた二十五歳の女の花に、舌を伸ばしていく。

「うんぐっ！　ぅんぐぐっ……」

アーモンドピンクの花びらを口に含んでしゃぶってやると、香子は鼻奥で悶え泣いた。それでもクンニはやめない。肥大化した剝き身の真珠肉を、ねちねち、ねちねち、と舐め転がしてくる。

正しい態度だった。このプレイは、どちらか一方がイッてもダメなのだ。ふたりで同時にイカなければならない。練習では、成功率は三割くらいだった。

「うんぐっ……ぅんぐぐっ……」

「うんあっ……ぅんああっ……」

呼吸を合わせて、一緒に高まっていく。香子がクリトリスを舐め転がしてくれば瑠依もそれに倣い、瑠依が浅瀬にヌプヌプと舌先を差しこめば香子も真似をした。

こないなこと、男の人相手でもしたことあれへんのに……。

胸底で恨み節を唱えながら、瑠依はシックスナインに没入していった。寄せては返す波のように、快楽がお互いの間を行き来する。

この劇場の舞台には花道やデベソがなく、そのかわり廻り舞台になっていた。マットレスが置かれたのは回転する盆の上――盆が回転しはじめると、客席から拍手が起こった。廻り舞台は、女同士のシックスナインをあらゆる角度から観客に見せつける。

やがて、香子が小さな尻を振りはじめた。絶頂が近づいているサインだった。同様に、瑠依の腰も浮きあがっていく。香子のつるつるした舌による愛撫が、瑠依の花を蕩けさせていく。恥ずかしいほど大量の蜜を漏らして、恍惚に向けて突き進んでいく。

瑠依がチューーッとクリトリスを吸うと、香子も吸い返してきた。それが引き金になり、ふたり同時のオルガスムスに達した。

「うんぐううーっ！　ぅんぐうううーっ！」

「ぅんああーっ！　ぅんあああああーっ！」

喜悦に歪んだ声をからめあわせて、お互いに腰を震わせた。女同士で達する絶頂は、男に与えられるそれよりもずっと穏やかだった。もちろん、ふたりとも同性愛者ではないからそうなるのだろうが、瑠依にとって香子とレズビアンショーをするのは悪いことばかりではなかった。

　プレイ自体は好きになれなくても、短期間で香子との距離が縮まった。お互い他に頼れる者がいないという状況のせいもあるが、恍惚を分かちあうことで気持ちが近づいたことは否めない。お互いがお互いをイカせれば、理屈ではないところで相手を許したり、受け入れたりすることができる。

　ふたりとも完全にイキきると、舞台を照らしている照明が消え、音楽がとまった。回転していた盆もとまり、盛大な拍手が送られてきた。

4

　ハアハアと息を切らせて、香子が舞台袖に消えていった。

　真っ暗闇のステージに、瑠依はひとり残った。ここからは瑠依のソロパートだった。オルガスムスであがった呼吸を整えていると、舞台袖にスポットライトがあたり、蛭田がマイクを持って出てきた。

「美女同士のレズビアンショー、お楽しみいただけましたでしょうか？　義理とはいえ、彼女たちは姉妹でございます。いささか確執があったようですが、オメコを舐めあうことで絆が生まれ、いまじゃ大の仲良し……とはいえ、彼女たちは真性のレズビアンではございません。本当に好きなのはオメコじゃなくて硬ーいチンポ……おおーっと、言葉遣いが下品になって申し訳ございません。続きまして、昔懐かしい白黒ショーをご覧いただきます。ちょっとした趣向を凝らしておりますので、どうぞお楽しみください！」

パラパラと拍手が起こり、舞台が明るくなった。袖からひとりの男が出てきた。全裸だが腰にタオルを巻いていた。坊主頭に饅頭のような丸顔、ずんぐりむっくりした体形に背中で睨みあう虎と竜の彫り物――ヴェネチアンマスクをしていても、ひと目で誰かわかる風貌をしている。

有馬は白黒ショーの相手役を誰にも譲ろうとしなかった。彼はやくざであって、色事師でもなければ舞台に立ったこともない。蛭田が難色を示したが、

「じゃかましわ！」

と有馬は一蹴した。

「わしがお膳立てしたストリップショーで、わしが世話になった人たちをもてなすんじゃ。舞台に立つのはわし以外に考えられへんやろが」

「でも有馬さん、人前で女とまぐわうのはなかなか大変ですよ。チンポ勃たないとか普通にありますし」

「おどれ、ごっつ強力な精力剤、調合せい。最悪、心臓とまってもかまわへん。脳の血管が切れても文句は言わん。とにかく強力なやつを用意すんねや」

どう考えても、一家のナンバー2である若頭がやることではなかった。人前で女を犯すような汚れ仕事は、代紋を背負っていない部外者に外注するのがやくざ社会の常識である。組員がやるにしても年若い下っ端の仕事であり、有馬が白黒ショーに出演すれば、竜虎会内部での求心力が低下し、西侠連合からも呆れられることは眼に見えていた。

それでも有馬は、威風堂々と舞台に登場してきた。瑠依が膝立ちで待っているマットレスの上にあがって、腰のタオルを颯爽と投げ捨てた。どんな精力剤を飲んだのか、イチモツは恐ろしい角度で反り返っていた。亀頭は鬼の形相で天井を睨みつけ、根元に埋まっているボコボコした真珠も今日はいちだんとグロテスクに見える。

「しっ、失礼します……」

瑠依は圧倒されながら、そそり勃った男根に手指を添えた。このひと月、瑠依は有馬に数えきれないほど抱かれていた。はっきり言って前の穴は彼の独占状態で、ふたりきりのときもあったし、舞台の予行練習に蛭田や香子の前でまぐわうこともあった。

しかし、今日ほどの凄みを感じたことはなかった。仁王立ちでイチモツを反り返らせている有馬からは、狂気じみた瑠依への執着心だけが伝わってきた。嫁にすることができないなら、みんなの前でこってりと犯し抜いて、自分の女だと認めさせてやりたいという……。

「……ぅんあっ！」

瑠依は真っ赤な口紅を塗った唇を卑猥なＯの字に開いて、亀頭を咥えこんだ。口内でたっぷりと唾液を分泌させてから、唇をスライドさせはじめた。口内粘膜と男根の間にわずかな隙間をつくり、じゅるっ、じゅるるっ、と卑猥な音をたててしゃぶりあげる。

蛭田によれば、口内粘膜と男根をぴったりと密着させたほうが、男は感じるらしい。ただ、ストリップ劇場の舞台の上というシチュエーションを考えると、音をたてたほうがお互いに興奮するのではないかと提言された。

つまり蛭田の演出なわけだが、これが瑠依のツボにはまった。真珠の埋めこまれた男根を、じゅるじゅると卑猥な音をたててしゃぶりあげている自分は、この世でいちばん最低な女に思えた。

そうであるなら、もうなにも遠慮することはない。とことん最低な女になりきって、恥という恥をさらせばいい。嘲笑にまみれた最低な女を演じることでしか救われないなにかが、この世にはたしかにあるような気がした。どうせ見せ物になるのだから、徹底的に振りきったほうが観客も悦んでくれるだろう。

「横になっていただけますか」

ひとしきり男根をしゃぶりあげると、瑠依は有馬をうながしてあお向けにさせた。片脚をあげて彼の腰をまたぎ、騎乗位で結合する準備を整える。

嫌がっている女を無理やり犯しているわけではないことをアピールしたいという、それもまた蛭田の演出だった。しかし、両膝を立てて蹲踞《そんきょ》の体勢になったのは瑠依の意思であり、覚悟だった。どぎつさで鳴らしたOS白黒ショーの始まりに、女にとっては泣きたくなるほど卑猥なこの体位より相応しい体位はないだろう。

「やる気満々やな」

有馬が口許だけで笑い、

「女の花道やから」

瑠依も口許だけで笑い返す。そそり勃った男根に手を添え、切っ先を濡れた花園に導けば、結合の準備は万端だ。

「いきまっせ……」

瑠依は大きく息を吸いこんでから、腰を落としていった。ずぶっ、と割れ目に亀頭が埋まっただけで、脳天まで喜悦の衝撃が響いてきた。結合部を有馬に見せつけながら、ずぶずぶと男根を咥えこんでいく。

「んんんんーっ！」

最後まで腰を落としきると、真珠の突起が入口にあたって峻烈な快感が訪れた。もっとも、真珠の本領発揮はまだ先だ。瑠依は、ぐりんっ、ぐりんっ、と腰をまわして肉と肉とを馴染ませると、本格的に動きはじめた。両脚をM字に開いたまま、股間に上下運動をさせた。割れ目を口唇のように使って、勃起しきった男根をしゃぶりあげてやる。蜜を漏らしすぎている肉穴が、ずちゅっ、ぐちゅっ、と卑猥な音をたてる。

「むううっ……」

唸った有馬の左右の乳首に両手を伸ばし、人差し指をワイパーのように動かして刺激した。男の乳首が感じることも、結合状態でそれをやるといっそう効果的なことも、最近覚えたことだった。

ミナミのナンバーワンホステスから極道の妻となり、なんでもわかった気になって生きていたが、実際には知らないことばかりだった。セックスひとつとってみても、竜虎会に拉致監禁されてから新しい扉が次々と開かれた。

「やるやないか」

有馬が熱っぽく息をはずませながら言った。

「まったくたまらん女やな。ハメればハメるほど床上手になりおって……」

自分の右手の親指を、口に咥えて唾液をまとわせると、

「お返しや」

結合部に右手を伸ばし、親指ではじくようにしてクリトリスをいじりはじめた。

「はっ、はぁうううううう————っ！」

瑠依は喉を突きだしてのけぞった。あまりに激しくのけぞりすぎて、両手を後ろにつかなければならなかった。そうなると、M字開脚で股間を出張らせたいやらしすぎる格好になる。パイパンのせいもあり、勃起しきった男根を咥えているのが、有馬の眼からはつぶさにうかがえるはずだ。

「……えっ？」

突然、盆が回転しはじめた。劇場スタッフも、瑠依のあられもない姿に淫心をくすぐられたようだった。あるいはどよめいている観客の期待に応えるためか？　リハーサルで蛭田が指示した回転開始のタイミングは、もう少しあとだったのだ。

「はぁうううーっ！　はぁうううーっ！　はぁうううーっ！」

瑠依はクリトリスをいじりまわされながら、淫らなほどに腰を使った。股間を上下させるだけではなく、前後左右に動かして、勃起しきった男根を肉穴の中で揉みくちゃにする。有

馬の陰毛がぐっしょり濡れるほど発情の蜜を漏らしては、為す術もなく肉の悦びに溺れていく。

このままでもイッてしまいそうだった。蛭田にはなるべく我慢するように指示されていたが、我慢できなくなったらイッてしまおうと思った。一度イッてから連続絶頂に突入するのも悪くない——そのとき、袖から人が出てくる気配がした。

蛭田だった。黒いタキシードを脱ぎ、全裸になっていた。細長いイチモツは臍を叩く勢いで反り返り、右手に持ったローションのボトルをぶらぶらさせている。

「盆がまわりはじめたんで、あわてて出てきちゃいました」

蛭田が頭を掻きながら言うと、

「嘘つけぇ。辛抱ならんかっただけやろ」

有馬はヴェネチアンマスクの下でギョロ眼を剝いた。

瑠依にできるのは、指示された段取り通りに体を動かすことだけだった。後ろにのけぞっていた体を前に倒し、有馬に覆い被さった。両膝を立てているのもやめて、ずんぐりむっくりした体にしがみつく。

この先の展開を考えると、さすがに緊張した。気を遣ってくれたのか、有馬が瑠依を抱きしめ、キスをしてくれる。ねちゃねちゃと淫らに舌をからめあえば、多少は緊張がほぐれていく。

「あうっ！」

アヌスにローションを垂らされた。騎乗位で有馬と繋がっているとはいえ、覆い被さった体勢は四つん這いのようなもので、尻を突きだしている。蛭田はアナルセックスでも正常位で繋がることを好む男だったが、今回ばかりはバックからでないと成立しない。

「ううぅっ……」

再び瑠依は緊張した。蛭田には後ろの穴をさんざん犯されていたが、前後の穴を二本の男根で貫かれるのは初めてだった。しかも、リハーサルなしのぶっつけ本番。いったいどうなってしまうのか、おそらく三人ともわかっていない。

「いきますよ……」

蛭田が男根の切っ先をアヌスにあてがってきた。そのままぐっと押しこまれ、むりむりと奥に入ってくる。

「ぐっ……ぐぐっ……」

肛門をひろげられる苦悶を、瑠依は歯を食いしばってこらえた。アナルセックスには慣れたつもりでも、結合の苦しさに慣れることはなかった。入ってしまえばいいのだが、入るまでつらい。たまらず涙をこぼしてしまうと、有馬が眼尻をチュッと吸った。

「むううっ、今日もいい締まりだ……」

イチモツを肛門に収めきった蛭田が、唸るように言う。

「さて、始めましょうか」

「おう」

男たちは声をかけあい、動きはじめた。盆はまわっているし、客席は沸騰している。万雷の拍手や歓声が押し寄せてきて、舞台まで揺れているようだった。

「あぁあああっ……はぁあああっ……はぁああああああっ……」

二本の男根が動きはじめると、瑠依の体温は一気に上昇していった。上半身は有馬に抱きしめられているし、後ろにいる蛭田にはがっちりと腰をつかまれている。身をよじりたくてもよじることができず、全身の素肌という素肌から汗がどっと噴きだしてくる。

前後の穴の二本差しは、初めて行なうプレイだった。にもかかわらず、三人の呼吸は不思議なくらい合っていた。男たちは、それほど激しく動かない。動かなくても、瑠依を燃え狂わせることができるのを、よく知っているからだ。

前の穴は、有馬の男根に貫かれていた。前傾姿勢の騎乗位になったことで結合感が深まり、根元に埋めこまれた真珠がGスポットを刺激してくる。さらには、彼もまた子宮を刺激するコツを会得しており、亀頭でねちっこくこすってくる。

一方の蛭田も、後ろの穴から子宮責めだ。後ろからは直接触れることはできないが、色事師の腰使いは憎たらしいほどいやらしい。直接触れられなくても、薄い壁越しに刺激をしっかり子宮に響かせてくる。そのうえ前から有馬の男根にもこすられているから、子宮はふたつの亀頭によって怖いくらいに揺さぶり抜かれる。

「はぁおおおおーっ！　はぁおおおおおーっ！　はぉあおおおおおーっ！」

瑠依は人間離れした野太い声であえぎにあえぎ、閉じることのできなくなった口から涎を垂らした。有馬が嬉々として口をひろげて受けとめたが、瑠依の下唇の真ん中からは絶え間なく唾液が糸を引いて垂れていく。

「どや？　ふたりがかりで犯されるなんて、女冥利に尽きるってもんやろ？」

有馬に声をかけられても、瑠依は言葉を返せなかった。身動きはとれなくても、いや、だからこそなのかもしれないが、全身の血がぐらぐらと煮えたぎるような熱狂状態の最中にいた。いままで彼らに与えられてきた快感も衝撃的だったが、それが倍々ゲームで更新されていくようだった。喉が嗄《か》れるほどあえぎ声を撒き散らし、頭の中はあっという間に真っ白になって、ぎゅっと眼をつぶると瞼の裏に喜悦の熱い涙があふれた。

このまま時間がとまればいいと思った。あるいはいまこのときが永遠に続けばいい。客席からも、劇沸騰する客席からの拍手や歓声は、瑠依の耳にはもう届いていなかった。

場の外の世界からも隔絶され、ただ一心に肉の悦びをむさぼっていた。よけいなことをなにも考えられないというのは、なんて清々しいのだろうと思った。

「たっ、たまらんっ……」

有馬が唸るような声をもらした。

「わしはもうダメやっ……先に出してもええか？」

「一緒に出しましょう」

答えたのは蛭田だ。

「ボクももう無理そうです。今日は締まりがすご過ぎる。二本差しの威力ですね。ただでさえ肛門はきついし、チンポが食いちぎられそうですよ」

射精の衝動に駆られた男たちは、興奮しきってみずからの動きを制御できなくなった。有馬は下から突きあげ、ずんずんとピストン運動を送りこんできた。蛭田に至っては瑠依の尻を手のひらで叩きながら、ぐりぐりと子宮を刺激してくる。

「はっ、はぁおおおおおーっ！　はぁおおおおおおーっ！」

瑠依は獣じみた声をあげ、よがりによがり抜いた。

男根が二本になったから快楽も二倍という単純計算では辻褄が合わないほど、怒濤の勢いで快楽がこみあげてくる。

蛭田によれば、前の穴と後ろの穴は8の字の筋肉で結ばれているから、たとえば後ろの穴に指を入れれば、前の穴の締まりも増すという。ならば指よりはるかに太い男根二本で貫かれれば、快楽がどこまで上昇していくのか見当もつかない。

瑠依自身、いつもより深い結合感を覚えていた。二本の男根をぎゅうぎゅうと食い締め、密着感や一体感が増していくことを……。

「ああっ、いやっ！　いやいやいやあああああーっ！」

衝動のままに突いてくる男たちの動きが、瑠依を限界に追いこんだ。下腹の奥が熱く燃えていた。みるみるうちに大炎となり、体の内側から灼熱に焼き尽くされそうだった。

「イッ、イクッ……うちもうイッてまうっ……イクイクイクイクーッ！　はぁおおおおおおーっ！　はぁおおおおおおおおおーっ！」

絶頂に達したその瞬間、二本の男根が揃ってドクンッと震えた。下腹のいちばん深いところで、煮えたぎる男の精が噴射した。ドクンッ、ドクンッ、ドクンッ、と二本の男根は暴れながら射精を続け、瑠依は半狂乱になった。

「イッ、イクウウウーッ！　続けてイッてまううううーっ！　オッ、オメコッ……オメコ壊れちゃうよおおおおーっ！」

たたみかけるように二度目のオルガスムスが襲いかかってきて、まだ絶頂のピークにいるのに三度目のオルガスムスに達した。男たちの射精は長々と続いていたので、四度目や五度目の絶頂もすぐに訪れるに違いなかった。

5

瑠依は息も絶えだえで、香子に肩を貸してもらわなければ、化粧前に戻ることができなかった。

全裸のまま、畳の上で大の字に倒れた。剝きだしの乳房や股間を隠すこともできなかったし、体中をヌルヌルさせている汗が気持ち悪かったが、タオルで拭うことなんてまったく考えられなかった。

「大丈夫なん？」

香子の心配そうな声にも、言葉を返すことができない。ただハアハアと激しくはずんでいる呼吸を整えるだけで精いっぱいだ。

とはいえ、のんびりしていることはできなかった。会場はいま、三十分の休憩タイムに入っている。休憩明けは香子のソロパートだ。

前後の穴の二本差しはもちろん、子宮イキもできない香子に用意されているのは、白黒ショーではなく、まな板ショーだった。

あらかじめ用意された出演者がセックスするところを見せるのが白黒ショーと呼ばれるのに対し、観客から希望者を募り、ステージ上でストリッパーとセックスさせるのがまな板ショーである。

本物のストリップでは、希望者がじゃんけんをして勝った者がステージにあがるらしいが、今日はじゃんけんなどしない。希望者全員がステージにあがって香子を抱く。下手をすれば輪姦のようになるかもしれず、香子はひどく緊張している。

急がなければならない、ということだ。

「ごめんやけど、起こして……」

自力では体を起こすのもままならず、香子に手を引っぱってもらった。彼女はステージ衣装である黄色いドレスを着ていた。可愛らしかったし、濃いめの化粧も意外なほどよく似合っており、なんとも言えないエロティシズムを漂わせていたが……。

「あんた、ジャージに着替え」

瑠依は真剣な面持ちで香子に言った。瑠依も香子も、竜虎会に買い与えられたジャージ姿でこの劇場までやってきた。

「なんでなん？　休憩明けはうちの出番なんやけど……」

「ええから！　急ぎ！」

　瑠依は有無を言わさぬ口調で命じ、自分のジャージのポケットから現金を取りだした。一万円札が五枚――自分の財布に入っていたものだ。拉致されたときに持っていたハンドバッグは、ラブホテルの部屋に無造作に転がされていた。有馬も蛭田も瑠依が持っている金品になど興味を示さなかった。財布ごとだと不審に思われそうだったので、札だけを小さく折りたたんでこっそり持ちだしたのだ。

　窓を開けると、すっかり夜の帳《とばり》がおりていた。眼を凝らさなければあたりの様子をうかがうことができないくらい、暗い。おあつらえ向きである。

「……着替えたけど」

　振り返ると、香子がジャージ姿になっていた。怪訝そうな顔をしている彼女に近づき、小さく折りたたんだ五枚の札を手に握らせる。

「なんなんこれ？」

「あんた、窓から逃げるんや」

「えっ……」

「見つからないように注意して表通りに出たら、タクシー拾うて新大阪や。まだ新幹線あるやろから、東京まで逃げぇ。これな……」

現金と一緒に持ちだしてきたメモ書きも渡す。

「伊佐木が懇意にしてた浅草にある組の連絡先や。事情を説明すれば、きっと力になってくれる。西俠連合の威光も、東京までは届かへん。自由になれるで」

「瑠依さんは……」

「うちは残る。うちまでおらんくなったら、竜虎会も大慌てで捜しよるやろ。そんなことさせへん。適当なこと言うて時間稼いで、なんやったらうちがまな板ショーに出演したるわ」

「そんなんいやや。瑠依さんも一緒に逃げよ」

「わがまま言うと、どつくで」

瑠依は眉間に皺を寄せて香子を睨みつけ、腕を取って窓辺にうながした。

「こんなチャンス、もう二度とないやろ。振り返らんと逃げて、東京行き」

「瑠依さんはなんで逃げないんや？」

まだぐずぐず言っているので、瑠依は香子の頬をスパーンと張った。

「さっさと行き」

張られた頬を押さえて呆然としている香子に向けて、瑠依は声を低く絞った。

「ええか。あんたさえ無事に生きててくれれば、うちも救われる。うちのためにも逃げて。逃げなあかん……」

視線と視線をぶつけあった。香子はまるで蛇に見込まれた蛙だったが、まごまごしていると逃げきれる可能性が削られていくばかりだ。

香子の背中を押し、半ば強引に窓から押しだした。彼女が裸足でいることに気づき、サンダルを投げてやる。トイレにあるような野暮ったいデザインの安物だが、それ以外には走ったら転んでしまいそうなハイヒールしかない。

「頑張るんやで」

香子はいまにも泣きだしそうな顔でこちらを見ていたが、瑠依はかまわず窓を閉めた。鍵もかけてカーテンを引き、しばらくすると香子が走りだした足音がした。足音が遠ざかっていき、やがて聞こえなくなると、

「……ふうっ」

瑠依は太い息をひとつついてから、畳の上にへたりこんだ。香子の頬を張った手のひらが熱かった。手加減できなかったので、彼女の頬も腫れているかもしれない。可哀相だが、しかたがない。

『瑠依さんはなんで逃げないんや？』

香子に言われた台詞が、耳の底にこびりついて離れなかった。何度も何度もリフレインして、胸を締めつけてくる。

逃げない理由なら、彼女に伝えた通りだった。瑠依がここに残ったほうが、竜虎会が香子を捜しはじめるタイミングを遅らせることができる。そのぶん、香子が逃げきれる可能性は高くなる。

だが……。

それだけが理由でないことは、当の瑠依がいちばんよくわかっていた。

つい先ほどまでは、自分も一緒に逃げだすつもりでいた。それが直前で気が変わった。瑠依はある意味、自分の意志で、ここに残ることを決めたのだった。

香子が逃げたことが判明すれば、有馬は怒り狂うだろう。瑠依にきつい折檻をするよう蛭田に命じ、蛭田は嬉々として瑠依を責めてくるに違いない。泣いてもわめいても許してもらえず、焦らしプレイで発狂寸前まで放置されるかもしれないし、白眼を剝いて失神するまで連続絶頂に導かれるかもしれない。

考えただけでぞくぞくした。

彼らが与えてくれる快感は麻薬にも似て、たとえ折檻でも愉悦の海に溺れてしまう。厳しい折檻をされればされるほど、快楽の新しい扉が次々と開いていき、痺れるような肉の悦びをむさぼることができる。

そういう意味で、瑠依はすでに麻薬中毒患者のようなものだった。前の穴と後ろの穴を同時に犯されるよりきつい責めが我が身に襲いかかってくると思うと、マゾヒスティックな欲望すらこみあげてきて、ぶるっと武者震いが起きた。

逆に、この監禁生活から逃げだして自由になったとき、この手になにが残るのか？

愛する源治を失った巨大な喪失感だけに決まっている。そして、刹那の間だけでも喪失感を忘れさせてくれる、蛭田のような男が他にいるとは思えない。いるかもしれないが、知りあえる可能性は限りなくゼロに近いだろう。

そうであるなら、もはやこの監禁生活を甘んじて受け入れるしかなかった。いまは瑠依に対して尋常ならざる執着心を燃やしている有馬も、そのうち飽きるに違いない。心の通わないセックスなんて、所詮はその程度のものなのだ。飽きられたら最後、海外の売春窟にでも売り飛ばされるかもしれない。

待っているのは地獄だろう。死だけが救いに思えるような絶望的な生活を強いられ、やがて本当に死んでしまうと、ゴミと一緒に汚濁の川に流される。

それでも、自由になるよりはいいと思った。

源治を裏切った罪悪感と日々向き合って生きるより、それを忘れられる手段があったほうがいい。たとえ変態性欲と呼ばれるおぞましいものであったとしても、刹那の間だけでも忘れられるなら、それで……。

そのとき、ドンッ！　ドンッ！　ドンッ！　という銃声が聞こえてきたので、瑠依はハッと我に返った。立ちあがり、全裸であることも忘れて化粧前から飛びだすと、

「カチコミじゃーっ！」

という叫び声が聞こえてきた。

意味がわからなかった。大阪にはあまたのやくざがいるけれど、ストリップ劇場にカチこんでくるような馬鹿げた人間がいるとは思えない。風営法によって締めつけられ、青息吐息になっているストリップ劇場を相手にしたところで、もはや甘い汁なんて吸えないからだ。拳銃をぶっ放して脅しをかけたところで金は引っ張れないし、金を引っ張れない相手に派手な花火を打ちあげるなんて愚か者の所業である。

いるとするなら……。

竜虎会が今日、この劇場を借りきってプライヴェート・イベントを開き、西侠連合の幹部も顔を出していることを知っている人間だ。金銭目的の脅しではなく、ここにいる人間の命を狙っている抗争相手……まさか……。

銃声がもたらした恐怖を呑みこみ、瑠依は短い廊下を進んだ。この先にあるのはステージの袖だ。休憩時間だから舞台は暗く、反対に照明がついている客席は明るい。緞帳《どんちょう》の陰から客席の様子を恐るおそるうかがうと、純白のスーツに身を包んだ背の高い男の姿が眼に飛び

こんできた。

「命いらんやつからかかってきいや。ドタマぶっ飛ばされるか、首かっ切られるか、好きなほう選んでええで」

源治だった。右手に拳銃、左手に長ドスを握りしめて仁王立ちだ。若い衆も連れず、ひとりでカチこんできたらしい。太い眉を吊りあげた鬼の形相で、吐き気を誘うような強烈な殺気だけを放射している。

このプライヴェート・イベントを主催している竜虎会は、二十人以上の若い衆を動員していた。しかし、客席には堅気の人間も多くいる。竜虎会の大切なスポンサーであり、彼らをもてなすためのイベントだから、安全確保が第一だった。若い衆たちはまず、体を張って堅気の人間の弾よけになったので、にわかには反撃ができなかった。

「有馬呼んでこいや」

源治が対峙しているのは西侠連合の幹部の数人だった。堅気の人間はヴェネチアンマスクをしていたが、やくざはしていないのですぐにわかった。

「事務所にパイナップル投げこまれたケジメ、きっちりとったるから有馬呼んでこい！」

「おどれ……」

幹部のひとりが、眼光鋭く源治を睨みつけた。

「わしらが西侠連合の人間ちゅうことわかってて、こないなこと――」

言いおわる前に、ズドンッ！　と銃声が鳴り、幹部の額に風穴が空いた。ドサッと崩れ落ち、死後痙攣に手脚をビクビクと跳ねさせる。

「わかっとるに決まっとるやろ、こん腐れ外道。おどれらともきっちり話つけさせてもらうが、まずは有馬や！　有馬はどこじゃ！」

源治がいきなりひとりを射殺したことで、場は凍りついていた。その様子を緞帳の陰から見守っている瑠依は、ガチガチと歯を鳴らしていた。体の芯から震えがとまらず、緞帳にしがみついていないと立っていることもままならなかった。

なぜこんなにも体が震えているのか……。

極道の妻とはいえ、拳銃で撃たれた男があっけなく命を落とす場面を目の当たりにしたのは初めてだったから、もちろん恐怖もあった。と同時に、西日本最大の組織の幹部をためらうことなく撃ち殺す源治の胆力に、度肝を抜かれていた。あるいは、もう二度と顔を見ることはできないだろうと思っていた最愛の夫が目の前にいることに、感動や興奮もしていたかもしれない。

だが、最大の理由は他にあった。

有馬が今日、この劇場でプライヴェート・イベントを開くという情報をキャッチしたということは、源治は瑠依が竜虎会に拉致監禁されていることまで知っている可能性が高かった。やくざが女を監禁して、やることと言ったらひとつしかない。

それを知られていると思うと、足元から冷たい戦慄がこみあげてきて、背筋に悪寒が走り抜けていった。本来なら、緞帳の陰になんか隠れていないで、一目散に源治に駆けよっていくべきなのに、全裸であってはそれもできない。

ストリップ劇場で開かれているやくざ主催のプライヴェート・イベントで、自分の妻は全裸でいったいなにをやっているのか？

そんなことを、源治に考えてほしくなかった。想像されるだけでも嫌だったから、源治の前に出ていくことなんて、できるわけがなかった。

しかし……。

運命は瑠依を奈落の底に突き落とす。

「動きなや」

低く絞った声が鼓膜を震わせると同時に、背後から丸太ん棒のようにぶっとい腕が首に巻きついてきた。続いて、こめかみに硬く冷たいものが押しつけられる。それが銃口であることは、見るまでもなくわかった。

有馬だった。

「前に進み」

耳元で言われ、瑠依は震える脚で歩きだした。緞帳の陰からステージに出ると、源治がハッとしてこちらに銃口を向けた。次の瞬間、瑠依と源治は眼が合った。

「そこまでや、源治……」

有馬が言った。ドスを利かせた声だったが、わずかに震えていた。

「嫁はん殺されたくなかったら、武器を置け……話しようやないか……」

源治は有馬をきっぱりと無視して瑠依を見ていた。

「苦労かけたな……」

驚いたことに、源治は笑った。少年のような笑顔を見せて、こちらに近づいてきた。静まり返った場内に、カツ、カツ、カツ、と革靴の足音が響く。

「埋め合わせは近いうちにかならずするさけ、堪忍してや」

短い階段をのぼって、ステージにあがったところで立ちどまった。笑ってはいたが、拳銃は構えたままだった。銃口をこちらに向けて……。

瑠依は目頭が熱くなるのをどうすることもできなかった。なんてカッコいい男なんだろうと思った。この人こそまぎれもない、男の中の男だった。どれだけの覚悟があれば、殺るか殺られるかのこんな場面で、そんな台詞を口にできるのか？　曇りも澱みもまったくない、少年のような笑顔を見せられるのか？

源治が男の中の男であるなら、自分もそれに相応しい女でいなければならない——瑠依は覚悟を決めた。極道の妻の血が、にわかに煮えたぎった。

源治の言動があまりに想定外だったからだろう、有馬は呆気にとられ、隙ができていた。首にまわっているぶっとい腕に、力が入っていなかった。

次の瞬間、瑠依は有馬の腕を肘でカチあげ、振り返った。有馬が右手で握っている拳銃を上からつかみ、銃口を自分の左胸に押しあてた。

「あんたぁーーーーっ！」

背後にいる最愛の夫に向けて、声を限りに叫んだ。

「うちごとこん男撃ちぃ！　うちを愛しとるなら撃ちなはれっ！」

先に引き金を引いたのは有馬だった。ドンッ！　と左胸に衝撃がきて、気がつけば床に倒れていた。心臓を撃ち抜かれた以上、ほとんど即死だった。それでも、何秒か意識はあった。眼は見えず、指一本動かなかったが、かろうじて耳は聞こえた。

ズドンッ！　ズドンッ！　ズドンッ！　という銃声が遠くから聞こえてきた。源治が有馬を撃った銃声であることを祈った。間髪容れず、もっと大量の銃声が聞こえてきた。トタン屋根に土砂降りの雨が降っているかのような激しい音だった。西侠連合の幹部、あるいは竜虎会の若い衆が撃っているのなら、源治は蜂の巣だろう。

アホな男や……。

命が燃え尽きていくのを感じながら、瑠依は口許に笑みを浮かべた。こんなところにたったひとりでカチこんでくれば、殺される以外の結末があるはずがなかった。わかっていてやってきたのだから、蜂の巣になっても本望だろう。

アホな男だが、惚れた男だった。惚れて惚れて惚れ抜いた男だから、三途の川の前で待っていることにしよう。

この作品は書き下ろしです。

GENTOSHA OUTLAW BUNKO

極道《ごくどう》の嫁《よめ》

草凪優《くさなぎゆう》

令和7年1月10日　初版発行

発行人――石原正康
編集人――高部真人
発行所――株式会社幻冬舎
〒151-0051東京都渋谷区千駄ヶ谷4-9-7
電話　03(5411)6222(営業)
　　　03(5411)6211(編集)
公式HP　https://www.gentosha.co.jp/
印刷・製本―株式会社　光邦
装丁者――高橋雅之

検印廃止
万一、落丁乱丁のある場合は送料小社負担でお取替致します。小社宛にお送り下さい。

幻冬舎アウトロー文庫

ISBN978-4-344-43450-9　C0193　　O-83-16